QUELLA NOTTE DI NEVE

IL FUOCO DELLA PASSIONE

J.H. CROIX

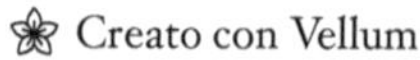 Creato con Vellum

Capitolo Uno

DELILAH

"Posso farcela," dissi, rivolgendomi a nessuno in particolare.

A meno che non stessi parlando con l'auto a noleggio e il borsone riempito in gran fretta che stava alle mie spalle, buttato su un sedile. Fuori c'era già buio e grandi fiocchi di neve svolazzavano nell'aria. Quando avevo prenotato il volo, non avevo messo in conto l'orario.

In Alaska, a dicembre il sole scompariva dietro l'orizzonte molto presto. Cosa che nella Carolina del Nord, invece, non succedeva.

"Certo che posso farcela," dissi, cercando di infondere almeno un briciolo di sicurezza nella mia voce.

Qualche minuto dopo, tutto quell'autoconvincimento andò in fumo quando il SUV compatto che avevo preso a noleggio beccò una lastra di ghiaccio e slittò fuori strada, in un fosso.

"Cazzo! In queste zone ci sono gli orsi."

Forse stavo parlando un po' troppo da sola, ma in fondo ero abituata così. Nonostante avessi appena constatato la presenza di orsi nell'area, stranamente non mi sentivo molto scossa. Non ancora, perlomeno.

Lanciai uno sguardo all'orologio sul cruscotto. Non erano neanche le cinque del pomeriggio ed era quasi buio pesto. Quelle strade erano letteralmente deserte. Dopo aver lasciato Anchorage, un'ora e mezza prima, avevo incontrato qualcosa come dieci macchine o giù di lì. La mia destinazione era Diamond Creek, quindi il viaggio era ancora lungo. La mia solita positività non sarebbe servita a nulla così lontano da casa, e un senso di angoscia mi travolse.

Cercai di sopprimerlo a tutti i costi, perché non ero *assolutamente* quel tipo di ragazza. Feci dei bei respiri profondi, ripetendomi che ce l'avrei fatta. Ero una donna forte. Minchia, passavo le giornate a lanciare fuori dal bar in cui lavoravo ubriaconi alti il doppio di me, quindi sarei riuscita benissimo a chiamare aiuto, se non addirittura a liberarmi da sola da quel fosso.

Scesi dall'auto per valutare la situazione, l'unica luce quella dei fari. D'accordo, non ero finita in un semplice fosso. Il terreno era molto ripido e non c'era la banchina.

Per mia fortuna ero uscita di giusto qualche metro, ma con un'inclinazione del genere non ce l'avrei mai fatta a riportare la macchina sulla strada da sola.

"Cazzo!"

Il vento trasportò lontano l'imprecazione, senza lasciarsi dietro l'eco. La neve volteggiava con forza attorno a me, nell'oscurità. Per essere una donna che si vantava della sua intelligenza e della sua organizzazione, in quel momento mi sentivo incredibilmente stupida e organizzata miseramente.

L'inverno in Alaska non aveva nulla a che vedere

con quello tra i monti Blue Ridge, da dove venivo io. Oh, anche noi avevamo la neve e una marea di stradine tortuose di montagna che durante le fredde notti invernali ghiacciavano in un lampo. Però a quell'ora non c'era già buio e perfino le zone rurali erano più frequentate di quella in cui mi trovavo in quel momento.

Un soffio di vento mi colpì e la neve fredda mi bruciava le guance. Con un sospiro, feci il giro del SUV e mi sedetti di nuovo dietro il volante. Appena chiusi la portiera, i rumori del vento e della neve svanirono, e il sollievo che provai fu immenso.

Però rimaneva un piccolo problema. Ero tutta sola, bloccata sul ciglio della strada, e fuori c'era un freddo glaciale.

Mancava soltanto una settimana a Natale. Non potevo fare altro che sperare di arrivarci. Preferivo non immaginare neanche i possibili titoli di giornale che avrebbero seguito la mia morte nel SUV. *Turista idiota convinta di poter guidare sulle nostre strade in inverno* sarebbe stato un ottimo inizio.

Mi rannicchiai nel piumino e mi voltai un poco verso la strada, per tenerla d'occhio in caso si avvicinasse qualche macchina. Dopo ben venti minuti di solitudine assoluta, un intenso senso di panico cominciò a chiudermi lo stomaco. Non potevo neanche mollare la macchina lì e muovermi a piedi, dato che mi trovavo nel bel mezzo del nulla. In quella zona, i centri abitati distavano chilometri e chilometri l'uno dall'altro, e fuori c'erano come minimo venti gradi sotto lo zero, col vento che ululava sempre più furioso ogni minuto che passava.

Dopo una folata di vento, che scosse perfino il SUV, vidi due raggi di luce in lontananza che illuminavano la strada. *Grazie, Signore.* In effetti, avrei potuto pregare con tutta me stessa. Ero stata educata bene, ma in quel momento mi era sfuggito di mente.

Ancora stavo decidendo se scendere dall'auto o se sperare semplicemente che l'autista notasse i miei fanali nell'oscurità, quando vidi quei raggi di luce alle mie spalle. Un attimo dopo, il pick-up si fermò dietro il SUV.

"Sì, sì, sì!" esclamai, incredibilmente sollevata.

Scesi dall'auto e vidi un uomo molto alto che scendeva sul pendio a bordo strada.

Oddio, spero non sia un assassino.

La risata tonante che mi raggiunse nel vento mi fece intendere che mi ero lasciata sfuggire quel pensiero a voce alta. Capitava che a volte parlassi senza quasi rendermene conto.

"Oh, chiedo scusa. La vita di una donna è piena di pericoli, tutto qui," gli spiegai, fermandomi davanti a lui e sollevando lo sguardo per vederlo in faccia.

Per poco non mi cadde la mascella. Lo *conoscevo.*

"Alex... Blake?"

"Delilah?"

"Oh, mio Dio."

Il mio cuore prese a fare le capriole, con una tecnica che avrebbe reso fiero un istruttore di ginnastica artistica. Porca troia.

"Che ci fai qui? Vieni, andiamo nella mia macchina," affermò Alex, senza neanche darmi tempo per rispondere.

Mentre ancora facevo fatica a processare la bizzarra piega che aveva preso la situazione, il ragazzino per cui avevo avuto una cotta pazzesca e che ormai era diventato un *vero* uomo mi avvolse la mano attorno al gomito.

"È assurdo," mormorai, la voce abbastanza alta per sovrastare l'ululato del vento.

La risata di Alex mi provocò un brivido lungo la schiena. "Non hai tutti i torti," rispose, la frase quasi trasportata via da un violento colpo di vento.

"Aspetta, devo prendere la borsa," gli dissi, ad alta voce.

Alex si voltò verso il sedile del passeggero del SUV. Raccolsi la borsetta, mentre lui recuperò il borsone dal retro.

Dopodiché, continuai a seguirlo mentre stringeva saldamente me con una mano e il mio bagaglio con l'altra. A malapena notavo i fiocchi di neve che mi cadevano sul viso e bruciavano la pelle, troppo persa tra i miei pensieri e nello shock dell'incontro.

Il battito del cuore era schizzato alle stelle e avevo percepito subito la semplicità con cui Alex riusciva a trascinarmi tra la neve alta fino al ginocchio. Poco dopo, raggiungemmo il pick-up e mi aprì la portiera.

Mi voltai per entrare e per poco non scivolai. Tra la strada ghiacciata sotto i piedi e l'agitazione che mi turbinava dentro, in quel momento la coordinazione era andata a quel paese.

Alex, da vero gentiluomo com'era, o almeno io me lo ricordavo così, mi aiutò a salire in macchina e attese che mi fossi messa comoda prima di chiudere la portiera. Chinando la testa per proteggersi dalla neve, fece dunque il giro dell'auto per mettersi al volante.

Un'altra raffica di vento lo seguii dentro. Fu una vera goduria quando chiuse la portiera e si lasciò all'esterno i rumori e il freddo gelido.

Lasciai le mani davanti all'aria calda che usciva dai bocchettoni e mi voltai verso Alex. Lo shock di vederlo aveva provocato una reazione viscerale nel mio corpo. Il cuore sembrava potesse esplodere da un momento all'altro, mentre lo stomaco faceva i salti mortali mentre fissavo i suoi intensi occhi marroni.

L'ultima volta che avevo visto Alex Blake, uomo che non avevo mai dimenticato, era stato al campo estivo tra i monti del Colorado. Se già era incredibile che tutti quegli anni prima avevo potuto fare quel viaggio, tanto di più lo era quell'incontro assolutamente casuale con Alex lì in Alaska. Era un ragazzo molto, oh, molto bello, con capelli biondo scuro e occhi di un colore caffè espresso. Il viso scolpito, con la mascella forte e squadrata, il fisico snello e slanciato.

Ai tempi del campo estivo, Alex mi piaceva tanto, ma proprio *tanto*. Le cottarelle come quelle, però, erano alla stregua di miraggi. Quello che c'era stato tra di noi non avrebbe dovuto essere altro che una nota a piè di pagina nel libro della mia vita, eppure, non l'avevo *mai* dimenticato. Posai lo sguardo sulla sua bocca, forte e audace. Ricordavo ancora la sensazione delle sue labbra che si muovevano sulle mie, il ritmo lento e sensuale, con la lingua che amava stuzzicare.

"Allora, che diamine ci fai sul ciglio di una strada dell'Alaska una settimana prima di Natale, Delilah?"

Capitolo Due

ALEX

Delilah Carter mi stava guardando intensamente. "Ottima domanda," affermò.

"E immagino che tu abbia la risposta," replicai.

Delilah si morse l'angolo del labbro inferiore, carnoso e appetitoso, con una fossetta nel mezzo.

"Beh, diciamo che è un caso," disse, senza aggiungere altro.

Attendevo che si spiegasse meglio, mentre mi fissava con i suoi spettacolari occhi verdi, uguali a come li ricordavo. La luce nell'abitacolo era fioca, ma l'incantevole bellezza di Delilah rispendeva come il sole.

Un lampo di incertezza le attraversò gli occhi e fece un respiro profondo. Con un sospiro, distolse lo sguardo e posò la testa al sedile. "Lo so che può sembrare assurdo, ma sono qui per una settimana bianca a Diamond Creek. Me l'ha regalata un amico di vecchia data. Il soggiorno è al Last Frontier Lodge."

"Sul serio?"

Voltò la testa, annuendo. "Sul serio," rispose, con un lieve rossore che le tingeva le guance.

Un sorriso mi incurvò le labbra mentre scuotevo la testa, considerando le implicazioni della situazione. "Beh, porca miseria. Anche io sto andando proprio lì."

Delilah sbarrò gli occhi. "Stai scherzando."

Scossi ancora la testa. "Affatto."

Col vento che ululava fuori dal pick-up e il rumore della neve che colpiva il parabrezza, l'aria nell'abitacolo prese vita, carica di elettricità. Tra di noi non c'era stato molto, giusto qualche bacio diversi anni prima.

Eppure, io Delilah non l'avevo mai dimenticata. Durante quelle settimane d'estate ormai sfumate nella memoria, quando eravamo entrambi tanto e troppo giovani, l'avevo desiderata da impazzire. Ma non sempre ci si poteva fidare dei ricordi. Certe volte i fatti venivano ingigantiti oltre ogni misura, altre ancora scomparivano nel nulla più totale. Era difficile distinguere la realtà dall'immaginazione.

"Ho provato a contattarti, sai," dissi, sorpreso dalle mie stesse parole.

Delilah si girò verso di me. Avrei voluto carezzarle la curva della guancia e allisciarle i capelli spettinati e bagnati dalla neve. Sollevò le sopracciglia al mio commento e un sussulto sorpreso le scappò dalle labbra.

Affondò ancora una volta i denti nel labbro, mordicchiandolo un poco, e il gesto catturò all'istante il mio sguardo. Cazzo. Quella bocca pareva fatta per il peccato, con labbra piene e tentatrici. Ricordavo perfino il suo sapore, dolce e con un sentore di vaniglia.

"Oh," mormorò piano, rischiando di strozzarsi con quella singola parola. Deglutì rumorosamente, il suono udibile nello spazio ristretto.

Prima che uno dei due potesse aggiungere qualcosa, un altro pick-up ci passò accanto, schizzando della fanghiglia ghiacciata sul mio. Il rumore improvviso mi ricordò dove ci trovavamo.

"Meglio se ci muoviamo. Con questo tempo, i tempi di marcia sono più lunghi. Abbiamo come minimo altre due ore di macchina."

Delilah raddrizzò la schiena. "Certo. Ma davvero non ti dispiace?"

"Doverti dare un passaggio?" le chiesi, mettendo in moto.

"Sì. E poi non so neanche cosa fare con il SUV. L'ho preso a noleggio."

"Beh, per il momento è più al sicuro lì dov'è," replicai, rimettendomi con cautela sulla strada. "In caso non l'avessi notato, qui non ci passa quasi nessuno. E poi è abbastanza riparato, quindi stai tranquilla. Però ti consiglio di chiamare l'autonoleggio e lasciare un messaggio. Magari riescono a inviare un carro attrezzi da Anchorage già domani. Poi puoi prendere un'altra macchina a Diamond Creek, altrimenti ti riaccompagno io."

"Ti dispiace se chiamo subito l'autonoleggio?"

"No, certo, fai pure," risposi, premendo gradualmente il piede sull'acceleratore.

Fu una telefonata veloce e, come c'era da aspettarselo, le dissero di lasciare il veicolo lì dov'era e che avrebbero mandato qualcuno a recuperarlo.

Dopodiché, l'unico suono nell'aria fu quello del riscaldamento a palla. Guidavo nell'oscurità, il corpo irrigidito e una strana sensazione che mi vibrava dentro. Non sapevo perché il destino avesse fatto ritrovare me e Delilah, ma avevo tutte le intenzioni di afferrare saldamente quell'opportunità per non lasciarmela scappare.

———

Qualche ora dopo, mi fermai nel parcheggio del Last Frontier Lodge, un resort sciistico di prim'ordine a Diamond Creek, posizionato dove i piedi delle montagne baciavano la costa dell'oceano. In quel momento, il panorama spettacolare era avvolto dall'oscurità e la neve.

Mi girai verso Delilah. "Siamo arrivati."

Delilah guardò dal parabrezza il resort illuminato, le piste da sci poco visibili accanto alla struttura. Quando si voltò verso di me, il suo sorriso si allargò e il mio cuore rispose con un colpo secco. Delilah aveva un effetto strano su di me, come se riuscisse ad attingere a una parte del mio essere che funzionava solo per lei. Ricordavo benissimo tutte le conversazioni e le risate che ci eravamo fatti quell'estate, il mio desiderio di conoscerla *profondamente*. Ma anche lo smarrimento che quelle forte emozioni mi avevano fatto provare. Ogni bacio condiviso con lei mi aveva fatto sentire vivo come mai più ero riuscito a sentirmi in vita mia.

Una folata di vento scosse il parabrezza, strappandomi via da quei ricordi. "Dai, entriamo," le dissi.

Non la prese molto bene quando insistetti per portarle il borsone, ma decisi di ignorare le sue proteste. Oltre a quel senso di vulnerabilità ferrea che emanava, volevo conoscere la donna che si nascondeva sotto quel guscio spesso.

Aprii il pesante portone di legno del resort e la neve entrò insieme a noi, con una raffica di vento. Quando la richiusi, i rumori della tempesta si placarono. Il calore dell'ambiente mi provocò un sollievo immediato, dopo la temperatura glaciale dell'esterno. Mi guardai intorno, in quel posto che già conoscevo bene. Ero stato al Last Frontier Lodge già diverse volte. Era il posto perfetto dove prendersi una vacanza, poiché distava poco da Willow Brook e avevo pure qualche amico che viveva lì a Diamond Creek.

Nonostante l'ora, la reception brulicava di nuovi ospiti in fila per il check-in, e dall'arcata che portava al ristorante giungeva un intenso mormorio di voci.

"Eccoti qui!"

Mi voltai e, poco distante, trovai mia sorella gemella insieme a suo marito, nientemeno che il migliore amico. Nate Fox teneva Holly stretta a sé, un braccio posato sulle sue spalle. Avevo notato ben presto che non riusciva a tenere le mani lontane da lei. Mi ci era voluto un po' per farci l'abitudine, ma non potevo essere più felice per loro. Si erano sposati giusto qualche mese prima.

"Ehi, Holl," salutai, riportando poi lo sguardo su Delilah. "Quella lì è mia sorella. Vieni, te la presento."

Delilah sollevò un sopracciglio scuro. "Sei proprio...?"

Si fermò quando scossi la testa. "È mia sorella, la conosco. Non riusciresti a evitarla, fidati."

Seppur titubante, mi seguì da Holly e Nate. Lo sguardo incuriosito sul volto di mia sorella non mi sfuggì.

"Alex," mi disse, quando li raggiungemmo, spostandosi i lunghi capelli biondi dalle spalle. "Sei in ritardo."

"Anche io sono felice di vederti, Holl," ribattei, con un ghigno.

Nate rise e i suoi occhi marroni si arricciarono agli angoli con un sorriso. "Holly pensava arrivassi nel pomeriggio."

"Le strade qui sono pericolose," disse Holly, seccamente.

"Sono partito più tardi del previsto, ma sono arrivato sano e salvo. Comunque sia, vi presento Delilah," dissi, indicando Delilah, che era rimasta leggermente in disparte.

Gli acuti occhi marroni di mia sorella schizzarono all'istante su di lei, come un laser. Ci fissava con un'intensità unica, come se stesse letteralmente facendo una radiografia alla situazione.

"È uscita di strada con l'auto a noleggio, ma l'ho trovata e le ho offerto un passaggio. Pensate un po' che coincidenza, ci eravamo già conosciuti anni fa a quel campo estivo che ho fatto in Colorado," spiegai.

Holly fece un passo avanti, "Ciao, sono Holly," le disse, porgendole la mano.

"Delilah, Delilah Carter."

"Cosa ti porta qui?" le chiese mia sorella. Conoscendola, sapevo che non sarebbe riuscita a contenere la curiosità.

"Immagino per lo stesso motivo che ha portato qui anche voi," replicò Delilah. "Per sciare."

Holly le rivolse un sorriso. "D'accordo, in effetti *era* scontato."

Nate incrociò lo sguardo di Delilah, un sorriso sul volto. "Molto piacere. Nate Fox."

"Il mio fidanzato," aggiunse Holly.

"Oh, ufficiale? Congratulazioni, allora. A quando le nozze?" chiese loro Delilah.

Holly arricciò il naso e accennò un sorriso timido, mentre Nate alzò gli occhi al cielo. "Continua a dimenticarsi che in realtà sono già suo marito. Ci siamo sposati qualche mese fa."

Holly gli diede una leggera gomitata al fianco. "Non è che me ne dimentico! È che siamo stati fidanzati per più tempo, quindi ci ho preso l'abitudine."

Un gruppo di ospiti ci passò accanto e qualcuno finì contro Delilah, dandole l'occasione perfetta per dileguarsi dalla conversazione. "Devo andare a fare il check-in. Torno subito."

Capitolo Tre

DELILAH

"Vai pure," rispose Alex. "Io ho chiamato quando sono partito da Willow Brook, quindi ho già fatto tutto. Anche voi siete a posto, vero?" Lanciai un'occhiata a Holly e Nate.

"Ma certo. Ti stavamo aspettando per cenare insieme. Perché non ti unisci a noi, quando hai finito?" mi domandò Holly.

Poiché non conoscevo nessun altro, non avevo praticamente scuse per rifiutare. Non che fosse mia intenzione. "Molto volentieri. Prendo giusto le chiavi della camera per lasciare i bagagli e darmi una rinfrescata."

"Allora io vado a controllare la mia, visto che ci sono," disse Alex, quando cominciai ad allontanarmi. "Ci ritroviamo qui tra un quarto d'ora, che dite?"

"D'accordo," risposi, per poi raggiungere la coda alla reception.

Un ronzio di voci riempiva l'aria, ma io neanche lo notavo. Ero ancora troppo sconvolta dall'incontro casuale con Alex.

Quella sua presenza che riusciva a rendere quasi

elettrica l'aria aveva fatto riaffiorare tanti ricordi. La potenza dell'attrazione che c'era stata mi aveva sconvolta, ma avevo scordato quanto fosse piacevole la sua compagnia. Era un uomo spiritoso, affascinante e cortese. Trasudava sicurezza e virilità da tutti i pori. E come se non bastasse, era anche bello come il sole, con i suoi capelli biondo scuro e gli occhi color espresso.

Raggiunta la reception, una ragazza con i capelli ramati e occhi di giada mi rivolse un sorriso. "Ciao e benvenuta. Come va?"

"Beh, se consideriamo che sono finita fuori strada mentre venivo qui da Anchorage, direi che me la passo piuttosto bene," risposi, con una risata ironica.

"Oh, no! Tutto bene? Come hai fatto a raggiungerci?" Sparò le domande una di seguito all'altra. "Sono Marley, comunque."

"Molto piacere. Delilah Carter. Ho avuto un colpo di fortuna e sono stata trovata da un altro ospite del resort, che è stato così gentile da fermarsi ad aiutarmi e poi mi ha dato un passaggio. Manco a farlo apposta, ci conoscevamo già. Sembra quasi la trama di un film. È assurdo che ho beccato qualcuno che conosco nel bel mezzo di un'autostrada innevata, letteralmente dall'altra parte del paese rispetto a dove vivo."

Marley mi sorrise. "Pazzesco, davvero. Se posso permettermi, chi è che ti ha accompagnata?"

"Alex Blake. Lo conosci?"

"Oh, Alex. Certo che lo conosco! Viene spesso da noi per passare il weekend a sciare con amici, ma a volte anche in veste di meccanico per fare qualche lavoro all'aeroporto."

"Sì, ho saputo," replicai, con un sorriso. Durante il viaggio in macchina avevamo parlato un po' di noi, quindi mi ero fatta un'idea generale sulla sua vita.

"D'accordo, controllo subito il numero della camera," disse Marley, abbassando lo sguardo. "Puoi ripetermi il nome per la prenotazione?"

"Il mio. Delilah Carter. In origine era a nome di Remy Martin," le spiegai, riferendomi a un amico di vecchia data che aveva lasciato la Carolina del Nord per trasferirsi in Alaska. "Ma c'è stato un cambio di programma."

Marley cominciò a scrivere alla tastiera e riuscivo a vedere la mano che spostava il mouse. La lunga pausa stava cominciando a preoccuparmi. Il suo sguardo tornò nel mio, l'espressione corrucciata e una smorfia dispiaciuta sul volto.

"Purtroppo non abbiamo alcuna prenotazione a tuo nome. Ho trovato quella di Remy Martin, ma pare che al posto dello scambio di nomi sia avvenuta una cancellazione. C'è un'annotazione col tuo nome e non è stato effettuato alcun rimborso, quindi l'errore è stato da parte nostra. Il problema è che siamo al completo. Mi dispiace davvero, *davvero* tanto," mi spiegò Marley.

Un senso di oppressione mi strinse il petto e lacrime calde presero a bruciare agli angoli degli occhi. Avevo cercato di resistere per troppo tempo, ma quella giornata *no* in quell'anno *no* mi aveva portata al limite. La degna conclusione di una lunga serie di disastri.

Marley percepì subito il mio turbamento, nonostante non avessi detto una parola.

"Ovviamente ti offriremo un altro soggiorno gratuito," aggiunse in tutta fretta. "Ma purtroppo adesso dovrò cercarti un'altra sistemazione perché noi siamo al completo."

Mandai giù il groppo alla gola, ignorando le lacrime che bruciavano gli occhi. "Ehm, ok, mi faresti un favore."

In quell'istante, Alex si materializzò al mio fianco. "Hai finito?" mi chiese.

In quel momento avrei voluto sparire per fuggire dalla situazione. Avevo raggiunto il limite della sopportazione. Mi era toccato un volo di oltre dodici ore per arrivare fino a lì ed ero riuscita a non abbattermi perfino quando ero finita fuori strada. Per quanto fosse difficile, cercai di non crollare.

"Ehm, in realtà no. A quanto pare, c'è stato un casino con la prenotazione. Marley mi sta cercando un'altra sistemazione," gli spiegai, con un sorriso tirato.

Alex avvertì subito la mia angoscia e, passandomi un braccio sulle spalle, si sporse verso Marley per dirle qualcosa. Stavo cercando con tutte le mie forze di non scoppiare a piangere di fronte a lui, Marley e tutti gli altri ospiti presenti.

Mi guardai intorno, la sala decorata per le feste. C'erano diverse ghirlande colorate, con lucine di Natale appese al soffitto e che incorniciavano le porte.

Il mio cervello riprese dunque a funzionare e processò la conversazione tra Alex e Marley. "Alex, dico sul serio. Le troverò un'altra stanza e poi avrà due settimane gratuite per tornare quando vuole. L'unico problema è che al momento qui siamo al completo. Non ho proprio posto dove metterla."

"Puoi restare nella mia camera," disse con decisione Alex.

"Ne sei...?" Mi fermai quando scosse la testa.

"Stavi per chiedermi se ne sono sicuro, giusto? Certo che sì. Sei qui per sciare e lo farai. Quello che Marley ha preferito non dirti è che le probabilità di trovare un'altra sistemazione in questo periodo dell'anno sono quasi pari a zero."

Marley aggrottò la fronte. "Mai dire mai, Alex."

"Certo, ma è molto improbabile che si riesca a trovare qualcosa. E poi quasi tutti gli alberghi sono chiusi, tranne il resort." Spostò di nuovo lo sguardo su di me. "Io dormo sul divano letto. Il letto è tutto tu. Sei qui in vacanza e te la devi godere. E anche se Marley trovasse qualcos'altro, questo è l'unico rifugio sciistico della zona. È il posto perfetto in cui passare le feste."

Rimasi ferma a fissarlo, senza sapere cosa dire. Sapevo di volere una stanza tutta mia perché avevo bisogno di fuggire dal mondo. Lo scopo di quel viaggio era proprio quello. Ma mi era stato sfilato il tappeto da sotto i piedi e non me la sentivo di mettermi alla ricerca di un altro alloggio.

Distolsi dunque lo sguardo da Alex e lo spostai su Marley. "Rispondi onestamente. Quante sono le probabilità che troverò un altro posto?"

Marley sospirò. "Molto poche," rispose, corrucciata. "Ti prometto che ti offriremo un soggiorno gratuito per un'altra volta. Ti basterà scegliere le date e ti troveremo una camera. Davvero, mi dispiace proprio tanto. Onestamente, ti avrei ospitata nelle nostre stanze private, ma sono venuti a trovarci i parenti e non abbiamo più spazio."

Facendo appello all'ultimo briciolo di sanità mentale rimasto, presi un bel respiro e annuii prima di rivolgermi di nuovo ad Alex. "Se davvero per te non è un problema, allora accetto l'offerta. Ti pago..." cominciai.

Alex scosse la testa, interrompendomi. "Non paghi proprio un bel niente. La camera è già stata pagata." Non attese una risposta. "Dai, allora andiamo." Mi trascinò via dal bancone della reception. Soltanto allora notai la lunga coda che si era formata alle mie spalle.

Sentivo un inspiegabile bisogno di raggomitolarmi nel calore e nella forza di Alex. Era assurdo, ci conoscevamo a malapena. Quell'esaltante avventura di due settimane culminata in pomiciate ardenti era ormai storia di quindici anni prima, quindi ormai eravamo praticamente due sconosciuti. Feci un respiro profondo e cercai di rimettere in funzione il cervello, mentre lui mi conduceva tra la sala affollata per raggiungere il corridoio con gli ascensori.

Sollevai lo sguardo per ringraziarlo, ma le porte si aprirono e uscì un gregge di persone, riempendo l'aria di risate e di un gran vociare. Entrammo dunque nell'ascensore vuoto, che si chiuse e ci lasciò in un silenzio quasi imbarazzante. Al che, Alex premette il pulsante per il terzo piano.

Appena incrociai i suoi occhi scuri, il mio cuore fece una piccola capriola e mi si strinse lo stomaco. In quello spazio così ristretto, il mio corpo fremeva per la vicinanza con Alex. Ripensai a tutti quei baci che ci eravamo dati tanti anni prima, quando ero soltanto un'adolescente. Perfino allora, ero una ragazzina cinica. Ma oh, no, quei baci non li avevo mai scordati. L'avevo trovato impossibile.

L'aria si caricò di elettricità e una vocina nella mia testa si chiese se non fossi completamente impazzita. Soltanto in quel momento realizzai quanto sarebbe stato difficile condividere una stanza con Alex per una settimana intera.

Delilah era accanto a me, nell'ascensore. I suoi occhi verdi erano bui, le guance lievemente arrossate. Vederla già più tranquilla mi dava un grande sollievo. Per quanto non la conoscessi bene, anche se il sapore delle sue labbra mi era rimasto impresso a fuoco nella mente, non mi sembrava una donna che accettava volentieri l'aiuto degli altri. Già durante il nostro primo incontro, tutti quegli anni prima, avevo percepito quella stessa fervente indipendenza.

Non le avevo certo offerto ospitalità nella mia stanza con l'obiettivo di prendermi quello che non ero riuscito a farmi dare al campo estivo. Eppure, non mi sembrava comunque una così pessima idea.

Mentre mi guardava, fece schizzare la lingua sulle labbra per inumidirle. Seguii con lo sguardo l'arco delicato delle sopracciglia, i lineamenti puliti del viso e la mascella decisa. Scesi più giù e notai il battito frenetico del cuore sotto la pelle del collo.

Per quanto nella mia testa ci fosse una voce alquanto austera che mi ripeteva di non baciarla e che dovevo comportarmi da gentiluomo, mi mossi comunque seguendo il mio istinto.

Come due calamite, i nostri corpi si voltarono e raggiunsero nello stesso istante. Il suo profumo, che per poco non mi aveva fatto impazzire durante il viaggio in macchina, mi invase le narici. Delilah era tanto dolce, sensuale e così sexy che bastava uno sguardo a farmi cedere le ginocchia.

Tenevo in una mano la maniglia del suo borsone, ma lo lasciai andare perché *dovevo* toccarla. Le spostai i capelli dal viso e affondai le dita tra le ciocche setose, per lasciarle dietro la nuca. Con l'altra mano carezzai la schiena e provai un brivido di soddisfazione quando il mio tocco le mozzò il fiato.

"Quante possibilità c'erano che ci ritrovassimo così?" le chiesi.

Il suo sguardo si fece più intenso e un sorrisetto le incurvò le labbra, mentre si stringeva nelle spalle. Dentro di me sentivo che non era una donna dal sorriso facile, quindi accettai la piccola vittoria.

"Non saprei. Mi chiedo proprio la stessa cosa."

"Devo testare una teoria."

"Una teoria?" Inarcò un sopracciglio.

"Beh, diciamo piuttosto un ricordo. Sono praticamente certo che quell'ultimo bacio che ci siamo dati sia stato il migliore della mia vita, quindi vorrei una conferma."

Un bel rossore le tinse le guance e il sorriso si allargò. "D'accordo. Allora fai pure."

Quando feci un passo verso di lei e la sentii trattenere il fiato, un'ondata di desiderio mi travolse. Stavo facendo un qualcosa che neanche io riuscivo a comprendere, ma per tutti quegli anni non avevo mai smesso di pensare a cosa sarebbe potuto accadere tra di noi, se non ci fossimo dovuti dire addio.

Non c'era stata una brutta rottura, nessun cuore spezzato. Semplicemente, dopo quell'esaltante vacanza estiva ognuno era tornato per la sua strada. Però Delilah non l'avevo mai dimenticata. Capitava spesso che facesse di nuovo capolino tra i miei pensieri e, ogni volta che accadeva, sapevo che ormai per me non era nient'altro che un ricordo.

Eppure, eccoci lì.

Ancora più vicino a lei, riuscivo a percepire il calore emanato dal suo corpo. Il suo profumo, un profumo che neanche pensavo di ricordare ancora, mi avvolse come fumo denso; dolce e speziato, con una nota pungente. Proprio come era Delilah. Sentivo la ragione e l'autocontrollo che scivolavano via.

Strinsi più forte le redini, nel tentativo di domare il desiderio feroce che mi vibrava dentro, con una forza che non riuscivo a ignorare. "Dimmi un po', Delilah," mormorai. "Ti sei mai chiesta cosa sarebbe potuto succedere?"

Il suo seno premette contro il mio petto quando prese un altro respiro profondo, gli occhi verdi fissi nei miei. La ragazza che ricordavo aveva una corazza spessa attorno a sé. Sentivo che era ancora lì, ma che con gli anni si era perfino rafforzata. Temetti di aver esagerato con quella domanda, ma non si tirò indietro.

"Forse," rispose, la voce roca.

"Io l'ho fatto eccome."

Ero determinato a farla crollare, ma nemmeno io sapevo spiegarmi il perché. Quell'incontro assolutamente casuale mi aveva risvegliato qualcosa dentro. Trovarla sul ciglio della strada innevata, diretti entrambi verso la stessa destinazione, era stato come un fulmine a ciel sereno. Avevo tutte le intenzioni di aggrapparmi con forza a quella scarica elettrica residua e di non lasciarla più andare.

Intrecciai le dita ai suoi capelli, facendole scivolare tra le ciocche setose. Mentre mi guardava con fiamme ardenti negli occhi, chinai la testa e posai le labbra alle sue, come per vedere cosa sarebbe successo. Quel momento era talmente surreale che mi aspettavo quasi di prendere fuoco.

La sua bocca era calda e morbida. L'aria attorno a noi era carica di elettricità, le mie labbra vibravano quasi sulle sue. Le sfuggì un delicato suono gutturale, a cui risposi con un grugnito e inclinai la testa di lato per poterla baciare con più passione.

Con un sospiro, Delilah dischiuse le labbra per accogliermi. Maledizione, aveva un sapore inebriante. L'odore freddo e pulito della neve le era rimasto addosso. La sua bocca era calda e dolce, esattamente come la ricordavo.

Tirò fuori la lingua per stuzzicare la mia. Non era una donna passiva, non Delilah. Mi fece scivolare una mano dietro la schiena e premette il mio corpo contro il suo. L'erezione si adagiò alla perfezione nell'incavo delle sue cosce, vicino al punto sensibile. Era una donna molto alta e le sue curve morbide e i miei muscoli sodi combaciavano alla perfezione.

Il bacio cominciò lento e sensuale, finché la danza delle nostre lingue non si fece ardente, passionale, selvaggia. Le stringevo saldamente i capelli, mentre lei faceva scivolare una mano sul mio petto.

La Delilah dei nostri primi baci non era altro che una ragazzina. Quei baci incerti e famelici di due adolescenti inesperti. Ricordavo ancora quanto erano stati eccitanti, ma non valevano davvero un cazzo in confronto a quel bacio lì, nell'ascensore.

Avevo molta più esperienza con le donne. Nonostante avessi perso completamente il senno, il mio corpo sapeva esattamente come muoversi. A un certo punto, però, dovetti staccarmi dalle sue labbra perché rischiavo di soffocare. Presi una boccata d'aria e aprii gli occhi, come fece anche lei. I nostri sguardi si trovarono, il suo velato e sfocato, probabilmente come il mio.

Restammo a guardarci in silenzio, il nostro respiro affannato l'unico suono nell'aria. Il cuore martellava così forte nel mio petto che lo sentivo rimbombare persino nelle orecchie.

Delilah aveva le labbra gonfie e arrossate dal bacio, le guance tinte di un bel rosa. Poiché riuscivo a sentire il battito frenetico del suo cuore, certamente anche lei sentiva il mio. Eravamo appiccicati l'uno all'altra, un suo piede avvolto attorno ai miei polpacci.

Sollevò la mano e fece scivolare un dito sul profilo del mio zigomo, lasciandosi dietro una scia infuocata. "Molto meglio di quanto ricordassi," disse, senza fiato.

Un ghigno mi incurvò l'angolo delle labbra. "Puoi dirlo forte," replicai, il tono rude.

Non mi ero immaginato niente di simile. Sapevo soltanto che volevo un'occasione per raggiungere insieme a lei vette che ai tempi non avevamo esplorato. Eppure, all'improvviso quell'idea assunse un significato più profondo, di un'intensità inaspettata.

Delilah prese un altro bel respiro. Appena percepii i capezzoli turgidi sul petto, riportai la bocca sulla sua. Un'onda anomala di desiderio mi aveva travolto, talmente violenta da disorientarmi e farmi perfino dimenticare dove ci trovavamo. Continuai a divorarle la bocca, la sua lingua che duellava con la mia. Neanche me ne resi conto quando l'ascensore si fermò e le porte si aprirono.

"Oops!" esclamò una voce femminile.

Qualcun altro fece una risata. Al che, io e Delilah ci separammo e mi feci forza per non crollare contro la parete dell'ascensore. L'onda d'urto di quel bacio mi aveva sconvolto. Voltai dunque la testa e trovai due donne che avevano cortesemente distolto lo sguardo.

"Scusate, signore," dissi, chinandomi a raccogliere il borsone di Delilah.

"Scusateci voi per l'interruzione," disse una di loro. Poi portò lo sguardo su Delilah. "Cara, io pagherei fior di quattrini per trovare un uomo che mi baci come ti stava baciando lui. Vedi di tenertelo ben stretto."

"Già, era proprio un bacio sensazionale," disse l'altra.

Delilah si morse il labbro e poi fece una risatina, le guance arrossate. Dopodiché, uscì prima di me dall'ascensore e le posai una mano alla base della schiena, spinto dal bisogno di toccarla. Pur essendo colpa sua se ormai avevo smesso praticamente di ragionare, era allo stesso tempo l'unica ancora a cui potessi aggrapparmi per non lasciarmi trascinare via dalla follia del desiderio che mi pulsava dentro con una forza irrefrenabile.

Capitolo Cinque

DELILAH

Il delicato sapore dolce del vino scivolò sulla mia lingua. Lasciai il bicchiere sul tavolo e mi voltai verso Alex, il fiato bloccato in gola. Una vocina nella mia testa si chiese se fosse possibile avere un infarto per la troppa eccitazione sessuale.

Il martellio del mio cuore non si era ancora placato, dopo quel bacio nell'ascensore. Giusto prima di salirci con lui, ero appena riuscita a riprendermi dallo shock di averlo rivisto dopo tutto quel tempo. Ma poi avevo inevitabilmente perso la ragione.

Quel bacio aveva rischiato di incenerirmi, sia dentro che fuori. Era un miracolo che non fossi letteralmente svenuta dopo quell'imbarazzante interruzione.

Sentivo ancora il corpo in gelatina, un formicolio sulle labbra. Intanto, il cuore sembrava sulle montagne russe, pronto a prendere il volo a un semplice sguardo di Alex. Eravamo a cena insieme a Holly e Nate, e stavo cercando con tutta me stessa di trasmettere un senso di normalità. Non volevo passare per una pazza di fronte a sua sorella.

La domanda di Alex rimbombava ancora nelle mie orecchie. *Dimmi un po', Delilah, ti sei mai chiesta cosa sarebbe potuto succedere?*

Oh, eccome se l'avevo fatto. Avevo preferito screditare quello che c'era stato tra di noi come nient'altro che ricordi offuscati di un'estate diversa dal solito, convincendo me stessa che negli anni non avevo fatto altro che sopravvalutarla. Ma perché non ero mai riuscita a dimenticare Alex Blake e le nostre pomiciate incandescenti?

Quante probabilità c'erano che una ragazzina di umili origini, nata in un angolino disperso tra i monti Blue Ridge, vincesse una borsa di studio per un campo estivo di due settimane? La risposta ce l'ho. Pochissime. E ancora meno probabile era che in quello stesso periodo avesse deciso di partecipare anche Alex dall'Alaska, una terra che per me pareva proprio un altro pianeta.

La consapevolezza di quanto fosse assurdo quello che mi era successo mi fece venire i brividi. Tra tutte le persone che avrebbero potuto trovarmi sul ciglio di quella strada, il destino aveva mandato da me proprio Alex Blake. Ciononostante, se fossi riuscita a raggiungere il resort da sola, l'avrei incontrato comunque.

Quelle due brevi settimane d'estate erano decisamente tra i ricordi più incredibili della mia vita. La nostra non era stata una chissà quanto grande storia d'amore, ma mi ero presa una cotta bella *forte* per quel ragazzino così bello e gentile. Avevamo condiviso qualche bacio ardente, divino.

Qualche ora prima che l'avventura finisse e mi ritrovassi costretta a salire sul pullman che mi avrebbe portata all'aeroporto, io gli avevo dato il mio indirizzo di casa e lui aveva promesso che mi avrebbe inviato una lettera. Sfortuna volle che, durante quelle due settimane, mio padre era riuscito a farci cacciare di casa. Purtroppo, i miei genitori non si erano mai presi la briga di chiedere il trasferimento della posta. Non seppi mai se quella lettera era mai stata scritta e inviata.

"E per lei?" chiese una voce, che fece breccia tra i miei pensieri.

Sollevai lo sguardo e sorrisi alla cameriera. "Scusa, puoi ripetere?"

"Le ho semplicemente chiesto cosa desidera per cena," disse con cortesia.

"Oh, certo, giusto. Prendo il salmone al sesamo con gli asparagi," risposi, buttando l'occhio sul menù che avevo di fronte.

"Desidera anche un antipasto?"

"Abbiamo già ordinato le polpettine di granchio e filetti di halibut," mi informò gentilmente Holly, seduta sull'altro lato del tavolo.

"E sono per tutti? Non voglio impormi."

"Certamente," rispose Alex.

"D'accordo, allora sono a posto così," dissi, porgendo il menù alla cameriera.

Di nuovo soli, Holly mi fissò coi suoi acuti occhi marroni. "Che coincidenza che proprio Alex ti abbia trovata sul ciglio della strada. Onestamente, stento a crederci che non sapessi avrebbe passato la settimana qui," commentò.

Santo cielo, ero troppo *spossata* per darle corda. Però, alla fine dei conti, non avevo via di scampo. Sorseggiai del vino per farmi forza e poi la guardai dritta negli occhi. "Senti, credi pure quello che vuoi. Io e Alex ci siamo conosciuti tanti anni fa al campo estivo. Rivederlo dopo così tanto tempo mi ha preso davvero alla sprovvista, ma ti assicuro che non ho secondi fini. Dei miei amici mi hanno offerto il viaggio che avevano già pagato perché hanno avuto un imprevisto."

Alex passò un braccio sulle mie spalle e bevve un sorso di birra. "Insomma, Holl. Non farti tutti questi viaggi mentali. È vero, è assurdo averla incontrata proprio qui, ma non posso certo lamentarmi," affermò lui con nonchalance.

Nate, col suo fascino sbarazzino, diede una leggera gomitata a Holly. "Lasciali in pace, dai. È quasi Natale, in fondo."

Mi strinsi nelle spalle, trattenendo l'impulso di spingere via il braccio di Alex. Non perché volessi davvero che non mi toccasse, ma piuttosto perché mi piaceva davvero troppo. Avrei tanto voluto rifugiarmi in lui e odiavo sentirmi così debole e vulnerabile. Nella mia vita lo ero già stata abbastanza.

Holly sospirò. "Scusami. Diciamo che sono una sorella iperprotettiva, ecco. Chi è che ti ha offerto il viaggio, se posso saperlo?"

"Shay Martin, non so se la conosci. Suo fratello Remy, sempre mio amico, vive a..."

Con un largo sorriso, Holly mi interruppe. "Oddio. Remy? Il nostro Remy?"

"Beh, non so se è il *vostro* Remy, ma siamo cresciuti insieme a Stolen Hearts Valley, nella Carolina del Nord. Sua sorella Shay vive ancora lì. Quando lui e sua moglie hanno scoperto di non poter più partire, lui l'ha detto a Shay e Shay l'ha detto a me. E adesso eccomi qui," spiegai.

Holly si batté il palmo della mano sul petto, con un sorriso. "Ah, Remy è davvero il ragazzo più dolce del mondo."

Nate alzò gli occhi al cielo, con una risata. "Non credo che lui lo vedrebbe come un complimento."

Holly gli diede una gomitata sul fianco. "Ma piantala. Però è incredibile che Delilah e Remy si conoscano.”

“Quindi vivete tutti nello stesso paesino?” chiesi.

“Esatto, a Willow Brook,” rispose Alex quando lo guardai. “Veniamo da lì. Remy è arrivato qualche anno fa. È un tipo in gamba. Lavora come pompiere hotshot in una delle squadre della caserma.”

Annuii, basita da quanto potesse essere piccolo il mondo. “Sì, proprio lui. A Shay manca da impazzire. Onestamente, è incredibile che lui e sua moglie abbiano deciso di non venire più. È davvero un posto bellissimo,” dissi, spostando lo sguardo sul ristorante.

Era un rifugio sciistico di lusso. La sala del ristorante vantava un pavimento in parquet lucido e alti soffitti, con travi a vista incrociate. Le piste da sci luccicavano nell’oscurità oltre le finestre che si aprivano sui monti. “Non vedo l’ora di vedere com’è qui fuori con la luce del sole,” aggiunsi.

Holly annuì con entusiasmo. “Oh, è meraviglioso, te lo assicuro. Ma non dispiacerti per Remy, davvero. So che questo inverno lui e Rachel sono già venuti due volte e hanno in mente di tornare anche a febbraio.”

“Beh, li capisco. Anche se alla fine si può dire che la loro prenotazione è andata a quel paese, dato che la stanza non era più disponibile,” dissi con una risata.

“Spero che il letto lo lasci a Delilah,” affermò Holly, lanciando un’occhiata pungente ad Alex.

Sentivo le sue dita che carezzavano delicatamente i capelli sulla nuca, provocando brividi che percorrevano la schiena per raggiungere l’apice delle cosce. Le reazioni del mio corpo ad Alex erano fuori dalla norma, soprattutto sotto lo sguardo attento di sua sorella. Ero certa che, se l’avesse mai ritenuto necessario, avrebbe tirato fuori gli artigli.

“Quand’è che vi siete conosciuti?” chiese Nate,

quando la cameriera ci lasciò di nuovo dopo aver portato gli antipasti.

"Ricordi quel campo estivo a cui andavo durante l'estate?" domandò a sua volta Alex, tra un morso e l'altro dei deliziosi filetti croccanti di halibut.

"Oh, sì, ho presente. Ti divertivi sempre un sacco. Andavate a pescare su quel lago tra le montagne. Non ricordo neanche dov'era," disse Holly.

"In Colorado," le dissi. Il ricordo di un pomeriggio di quelle due settimane si fece più vivido che mai nella mia mente. Quanto avevo amato il sole e il calore dei suoi raggi, così diverso da quello della Carolina del Nord, dove l'umidità era soffocante e appiccicosa. Amavo le acque fresche di quel lago in Colorado e gli intensi occhi marroni di Alex.

Il mio cuore sobbalzò quando gocce d'acqua fredda mi toccarono la pelle. Ero seduta da sola su un pontile, un pomeriggio più o meno a metà della mia permanenza. Al campo c'erano tantissimi ragazzini ed era piuttosto facile distanziarsi dal gruppo. Mi piaceva nascondermi da qualche parte a leggere e avevo trovato un pontile galleggiante isolato dalla zona in cui tutti facevano il bagno. Il vento trasportava le voci dei miei compagni, ma nonostante il rumore era come se avessi trovato il mio piccolo santuario personale.

Alex mi sorrise, emergendo dall'acqua. "Allora sei davvero tu," disse.

Afferrò il bordo del pontile e si sollevò, facendolo ondeggiare con il suo peso. Chiusi dunque il libro e mi sollevai per sedermi.

Alex era bellissimo, ma di quella bellezza che in un certo senso era addirittura esagerata. Aveva un fisico snello e muscoloso. Con un altro sorriso, si passò le dita tra i capelli bagnati. Alcune goccioline volarono sulle mie gambe, al che forti brividi mi scossero tutta.

"Ti piace leggere?" mi domandò.

"Sì. Anzi, è proprio la cosa che amo fare di più."

Di solito ero sempre molto impacciata con i ragazzi, soprattutto se erano belli quanto Alex, ma con lui c'era qualcosa di diverso. Mi metteva assolutamente a mio agio. E poi, le nostre vite erano praticamente su due pianeti diversi, quindi non dovevo preoccuparmi dell'opinione che poteva farsi sul mio conto.

Lui non poteva saperlo che i miei genitori erano poveri e che mio padre non faceva altro che urlarci addosso. O che quei momenti rubati da sola con lui erano gli unici che avessi mai condiviso con un ragazzo. A casa mia, preferivano tenersi tutti alla larga da me. La moda non la conoscevo neanche. Ero spesso costretta a utilizzare gli stessi indumenti perché non ne avevo neanche abbastanza da potermi cambiare tutti i giorni.

Quando la mia migliore amica aveva scoperto che avevo vinto la borsa di studio per il campo estivo, non aveva esitato a prestarmi tutti i pantaloncini che aveva. Tra i suoi vestiti e i miei, avevo abbastanza outfit per tutta la durata del campo.

Per pura fortuna, quell'estate gli shorts andavano di moda. E per fortuna era comune avere soltanto due top bikini e qualche canottiera. Tante delle ragazze presenti indossavano sempre gli stessi.

Alex si voltò verso di me, passandosi un piede sotto al ginocchio. "Scommetto che sei la classica studentessa modello."

Lo ero davvero, ma non importava praticamente a nessuno.

Accennai un sorriso timido, stringendomi nelle spalle. "Forse. Dimmi un po', tu da dove vieni?"

"Alaska."

"Davvero? Wow. È pazzesco."

"Ma no che non lo è. Tu, invece?"

"Carolina del Nord."

"L'Alaska è stupenda, ma le montagne di qui non sono male. Scommetto che sono belle anche quelle della Carolina del Nord."

"Sì, ma sono molto più basse. "

Soltanto in quel momento mi resi conto di quanto eravamo vicini. Come si sporse verso di me, una scarica elettrica prese vita tra di noi. Alex mi aveva già rubato due baci e in quel momento notai che aveva lo sguardo fisso sulla mia bocca.

"Sai, Delilah… Mi fai impazzire," disse, la voce profonda e roca.

Uno stormo di farfalle invase lo stomaco e fui scossa da un fremito. "Baciami ancora," sussurrai.

"Non dovevi che chiedere."

Si avvicinò e posò le labbra sulle mie. L'elettricità si accumulò sulle nostre bocche, per sprigionarsi in tutto il corpo. Un versetto gutturale fuggì dalle mie labbra e poi Alex si spinse verso di me, trascinandomi sul suo grembo. Pur sapendo quanto fosse inappropriato quello che stavamo facendo, con lui mi veniva naturale.

A cavalcioni sopra di lui, mentre mi strofinavo sul rigonfiamento duro del costume, ci baciavamo come i due ragazzini selvaggi che eravamo. Di tecnica ce n'era ben poca. Erano baci umidi e caotici.

Fu Alex a staccarsi per primo da me. "Delilah," mormorò, le mani che scivolavano lungo i miei fianchi per fermarsi a stringere la vita. "Dobbiamo fermarci."

"Ma non voglio farlo."

Capitolo Sei
Delilah

Persa in quei giorni passati, sollevai la testa al suono della voce di Alex. Avevo *completamente* perso il filo del discorso.

Il mio sorriso parve convincerli. "Che fai nella vita?" La domanda di Holly fece evaporare anche l'ultima foschia lasciata dai ricordi di quell'estate.

Mi voltai verso di lei. "Faccio la barista. Ho finito l'università, ma ci ho messo più tempo del dovuto perché ho dovuto lavorare moltissimo. Adesso sto seguendo dei corsi online di infermieristica. Spero di riuscire a finire gli studi il prima possibile."

Attesi le loro reazioni indignate. Ormai mi ci ero abituata alla bassa opinione che la gente si faceva di me, ma le mie aspettative ciniche erano infondate. Holly, infatti, mi guardò con occhi sbarrati. "Oh, ma è fantastico. Anche io faccio l'infermiera. Caspita, dev'essere dura bilanciare studio e lavoro. Le persone così determinate le rispetto moltissimo. Se ti serve qualche dritta, chiedi pure."

"Sai, mi sa che quando dovrò dare l'esame potrei davvero farci un pensierino," replicai.

Mentre io cercavo di portare avanti una conversazione "normale", le dita di Alex continuavano a scorrere sulla pelle della nuca, giusto un pelo sopra il colletto della maglietta.

Si stavano lasciando dietro una scia infuocata che mi stava scaldando tutta. Tra le cosce, sentivo la seta umida delle mutandine. Ancora non ne avevo discusso con lui, ma dopo quel bacio appassionato nell'ascensore avevo preso una decisione.

Probabilmente io e Alex non ci saremmo più rivisti, dopo quella vacanza, quindi avevo tutte le intenzioni di andare finalmente al sodo con lui.

La cena proseguì tra una chiacchiera e l'altra e conobbi perfino alcuni amici che Holly, Nate e Alex avevano a Diamond Creek. Erano in ottimi rapporti con i proprietari del resort, la signora che gestiva il ristorante e pure qualche altro impiegato che si era fermato a salutare.

Raggiunto l'ascensore, tra me e me mi chiesi se fosse possibile avere un orgasmo soltanto per essere stata seduta vicino ad Alex per tutto quel tempo. Come le porte si chiusero, lo presi per mano per attirarlo a me.

"D'accordo, le cose stanno così. Al campo sei stato un cazzo di gentiluomo e non hai mai provato a spingerti troppo oltre. Beh, adesso sono passati più di dieci anni e non hai più scuse," dichiarai, punzecchiandogli il petto con l'indice.

Il suo sguardo si fece più intenso e la lingua schizzò sui denti mentre un ghigno gli incurvava le labbra. "Vedo che siamo della stessa opinione. Però devo ammettere che la paternale sul mio essere un gentiluomo non me l'aspettavo. Eravamo giovani, dai."

"Certo, e l'ho apprezzato. Ma ora è diverso."

Al che, lo strattonai verso di me. Riprendemmo subito da dove ci eravamo fermati e Alex prese le redini del bacio. Quel ragazzino inesperto di un tempo era diventato un uomo autoritario ed esigente, che sapeva farmi impazzire.

ALEX

Delilah era calda e morbida, la bocca conservava ancora il sapore fruttato del vino. Il suo profumo mi inebriava come una droga. Una droga soltanto per me, che mi ricordava quanto ancora ero attratto da lei nonostante tutti gli anni di lontananza.

La lingua famelica scivolava sulla mia e le strinsi con più forza i capelli quando inarcò la schiena contro di me. A un suo gemito, risposi con un grugnito.

Delilah spazzava via ogni artificio e riportava tutto quanto a un livello più puro, elementale.

Avevo bisogno di sentirla più vicina. *E subito.* Feci un passo indietro e mi separai dal bacio per una boccata d'aria, al che la sollevai tra le braccia. Senza la benché minima esitazione, mi cinse la vita con le gambe mentre con un dito tracciava la barbetta sul mento.

"Una notte sola," mormorò.

"Oh, Delilah, ce ne saranno molte più di una."

Restammo fermi a guardarci negli occhi. Quello che provavo lo sapevo fin troppo bene. Tempo prima, quando io ero a malapena uomo e lei a malapena donna, non avevo il minimo dubbio su quello che mi faceva sentire quando ero con lei. Era come se non ci fosse niente di più *giusto* al mondo. Erano passati anni ed ero convinto che non l'avrei mai più rivista. Nel frattempo, non avevo mai smesso di chiedermi se forse la mia memoria non mi avesse giocato qualche scherzo.

Ma quando i nostri mondi si erano scontrati di nuovo, ne avevo avuto la certezza. I miei ricordi ci avevano preso in pieno. Certo, era passata giusto qualche ora dal nostro incontro, ma dentro di me era come se avessi finalmente trovato un pezzettino del puzzle della mia vita perso ormai da tempo.

Con Delilah tra le braccia, la spinsi con la schiena contro la parete e la strinsi più saldamente. Sollevai una mano per carezzare col pollice l'elegante curva dello zigomo, fino alle labbra carnose. "Lo so che provi lo stesso anche a tu. Quindi non fingiamo che queste sensazioni non esistano," mormorai, la voce ruvida.

La Delilah che ricordavo era una ragazzina prudente e cauta. Con l'età, aveva rafforzato le difese dietro cui si nascondeva. Sebbene non conoscessi la storia della sua vita, conoscevo *lei*, la persona che c'era sotto, la donna che mi aveva calamitato a sé tutti quegli anni prima e da cui mi sentivo più attratto che mai.

Un lampo di vulnerabilità le attraversò lo sguardo quando l'ascensore si fermò lentamente. Senza neanche distogliere lo sguardo da lei, allungai la mano e col pollice premetti il pulsante centrale perché le porte non si aprissero. Non potevo permettere che quel momento finisse, perché era davvero troppo speciale.

"Alex," mormorò, il timbro rauco della sua voce che

andò ad alimentare ulteriormente il desiderio che mi fremeva dentro. "È una follia."

Scossi la testa. "No, non lo è. A quei tempi mi ero mezzo innamorato di te e non ti ho mai dimenticata, Delilah. Lo so che i nostri mondi sono su due pianeti diversi, ma mi rifiuto di fingere che tra di noi possa esserci soltanto una singola notte di passione. Lo so che provi lo stesso anche tu," insistetti.

Posai la mano sulla sua, chiusa a pugno sul mio petto, e dischiusi le dita per tenerla sul mio cuore, che martellava al ritmo delle emozioni più pure e sincere.

"Non mi conosci davvero," disse, con un filo di voce. Stropicciò le labbra in una smorfia e un velo di tristezza le oscurò gli occhi, come nubi tempestose.

"Magari non conoscerò tutti i dettagli, così come tu non sai tutto quanto sulla mia vita. Non ti sto chiedendo di farci promesse o illusioni. Però non voglio che lo facciamo sotto falsi pretesti."

L'aria intorno a noi pareva scintillare, appesantita dagli anni di desiderio e resa elettrica dai ricordi sfocati che entravano in collisione con il presente. Delilah dischiuse le labbra per emettere un lieve sospiro e poi annuì.

Come giustamente mi aveva fatto notare, c'era tantissimo che non sapevo sul suo conto. Ma se c'era una cosa che sapevo, quella era che una donna come lei preferiva tenere le sue carte strette al petto e a volte non le giocava neanche. Quel flash di desiderio riflesso nei suoi occhi fu una piccola vittoria. Senza attendere oltre, catturai di nuovo le sue labbra. Era come se fossimo capaci soltanto di baciarci con una passione travolgente e selvaggia, perché perfino quel breve tocco fugace si trasformò in un duello tra le nostre lingue.

L'ascensore suonò, segnalando che qualcuno stava

premendo i pulsanti di chiamata. Al che, mi separai dal bacio e la lasciai lentamente. "Andiamo in camera," mormorai, per poi prenderla per mano e stringere forte mentre premevo il bottone per aprire le porte.

Uscimmo in tutta fretta e un gruppo di sciatori entrò al posto nostro. I nostri passi sulla moquette erano ovattati e stavo praticamente correndo verso la stanza, con Delilah che reggeva facilmente il passo.

Non appena la porta si chiuse alle nostre spalle, Delilah si voltò verso di me e si liberò dalla presa per far scivolare le mani sotto la mia maglietta. Al contatto, inspirai violentemente. La mia donna sapeva essere pungente e cauta, ma quando decideva di buttarsi non si guardava più indietro.

La sensazione della sua pelle morbida sulla mia mi fece quasi impazzire. Senza sprecare altro tempo, cominciammo a lanciare i vestiti in una pila sul pavimento intanto che ci avvicinavamo al letto, tra baci impacciati, e Delilah eruppe perfino in una risatina quando provò a lanciare via uno scarpone e perse l'equilibrio. Ringraziai il cielo che al resort avevano aperto di recente un negozietto che vendeva di tutto e di più. Presi un profilattico appena comprato e lo lanciai sul letto.

Rimasto in mutande, sollevai lo sguardo proprio mentre Delilah si passava le dita tra i capelli spettinati. La visione mi colpì dritto al cuore con una forza inaudita.

Delilah era mozzafiato. I capelli lucenti quasi neri che non si preoccupava neanche di acconciare, i ricchi occhi verdi, i lineamenti decisi come gli zigomi alti e la mascella pronunciata, e sopracciglia scure leggermente arcuate. Emanava un'aura di forza, sebbene le labbra carnose le addolcissero il viso. Da ragazzina aveva i tratti più delicati, ma era diventata ancora più bella. Secondo me.

Non l'avevo mai vista nuda e in quel momento lo era quasi, però durante quelle due settimane in Colorado aveva passato praticamente le giornate in costume da bagno. Eppure, il tempo aveva sbiadito e offuscato la mia memoria. Aveva un fisico più formoso, il seno generoso e i fianchi pronunciati. La morbida curva del ventre era tutta da baciare. Le gambe erano lunghe e muscolose. Dopo aver esplorato minuziosamente il suo corpo, riportai lo sguardo nel suo.

Vidi che aveva una mano sull'orlo delle mutandine e scossi la testa. "Non ancora," dissi. "Vieni qui."

Senza esitare, eliminò la distanza che ci separava e si fermò di fronte a me, ai piedi del letto. L'erezione premeva contro il tessuto dei boxer, il rigonfiamento più che evidente, ma non poteva fregarmene di meno.

"Adesso sii onesta. Ci hai mai pensato o no?" le chiesi.

Gli occhi di Delilah mi studiarono il volto. Affondò i denti nel labbro inferiore e il desiderio di tuffarmi di nuovo nella sua dolce bocca calda divenne quasi insopportabile.

Annuì lentamente. "Certo che sì. Ah, e per tua informazione, se mi hai mai inviato qualche lettera sappi che i miei genitori si sono fatti cacciare di casa mentre io ero al campo, quindi la posta che abbiamo ricevuto a quell'indirizzo non l'ho mai vista."

Archiviai quel pezzettino di informazione in un angolino della mente, con tutte le intenzioni di chiederle maggiori dettagli. La sua vita l'avevo soltanto intravista di sfuggita, ma non doveva essere stata semplice. "Sì, una lettera te l'ho mandata, infatti mi sono sempre chiesto perché non hai mai risposto."

Sollevò le spalle con un sospiro, che tirò fuori

lentamente. "Durante il viaggio di ritorno hanno perso la mia valigia, quindi non avevo il tuo indirizzo. Mi dispiace," disse con un filo di voce.

Ricordai di averle chiesto il numero di telefono per poterle scrivere, ma mi aveva detto di non averne uno. Quello era stato il primo scorcio che avevo avuto sulla sua vita, che mi aveva fatto capire che probabilmente non era stata tanto fortunata quanto me.

"Nessun problema," dissi, avvicinandomi. "Ho deciso che era destino che andasse a finire così."

Fece un passo anche lei e si premette a me, e i capezzoli nascosti sotto la seta nera del reggiseno scivolarono come una carezza sul mio petto quando si sollevò per farmi scivolare una mano dietro la nuca. Non c'era bisogno mi dicesse niente. La mia bocca trovò la sua in un attimo e cominciò a divorarla. Volevo sentire *ogni* parte di lei nello stesso momento, ma purtroppo non era possibile. Mi accontentai di far scorrere una mano lungo la curva della schiena per palpare il sedere morbido, e un senso di soddisfazione mi pervase quando il mio tocco la fece gemere. Ma il meglio doveva ancora arrivare. Facendo scivolare un ginocchio tra le sue cosce, trovai la seta delle mutandine già bagnata per me.

Tracciai una scia di baci ardenti sul collo, assaporando la nota salata della pelle. Cominciai dunque a stuzzicarla con le dita tra le cosce e mormorai, "Sei fradicia, Delilah. Sei bagnata per me?"

Le strappai un sussulto quando mordicchiai la pelle appena sotto la base della gola. Le dita presero a scorrere sulle mutandine, soffermandosi sul clitoride talmente gonfio che riuscivo a sentirlo perfino dalla seta.

"Secondo te?" rispose, il tono provocante.

Mi feci una bella risata e continuai a scendere con

le labbra fino al seno, provocandole una deliziosa pelle d'oca. "Io dico di sì," affermai, prima di succhiare tra le labbra un capezzolo turgido. Delilah lanciò un urlo e intrecciò le dita ai miei capelli mentre lo leccavo con passione, prima di rivolgere l'attenzione anche all'altro.

Poiché non mi aspettavo che un giorno l'avrei rivista, tutte le mie fantasie su di lei erano poco ben distinte. Aver di nuovo tra le braccia quella fiamma viva e ardente, con la pelle di rugiada e i suoi versi che mi facevano impazzire, mi aveva fatto perdere completamente la ragione.

Avevo bisogno di averla nuda, sotto di me. Soltanto allora, forse, sarei riuscito a tenere a freno quel desiderio che mi animava con una forza impareggiabile.

Sollevai la testa e le aprii il gancetto del reggiseno, lasciandomi sfuggire un grugnito quando il seno mi apparve di fronte in tutta la sua gloria, i capezzoli rosa e umidi per le mie attenzioni. Con una scrollata di spalle, Delilah si liberò dell'indumento, che cadde sul pavimento.

Dopodiché, la sollevai e la posai sul letto, poi la intrappolai tra le braccia e fermai il viso a un soffio dal suo. "È la tua occasione," dissi, la voce resa ruvida dal desiderio.

"La mia occasione per fare cosa?"

Non mi sfuggì il modo in cui strofinò le cosce e cominciai a immaginare il suo sesso umido di umori.

"Per dirmi che non lo vuoi."

Mosse di nuovo le gambe e scosse la testa, tenendo lo sguardo fisso nel mio.

"Mi stai dicendo che non lo vuoi o che non te ne fai nulla di questa occasione?"

Sollevò una mano e fece scorrere un dito sulle mie

labbra. "Ritornando alla tua domanda di prima, sì, sono bagnata per *te*."

Porca troia. Avevo capito che con Delilah era praticamente impossibile essere in controllo, non quando ero schiavo della mia fame di lei, ma non mi importava.

La baciai con passione e poi, dopo averle fatto divaricare le gambe, mi inginocchiai di fronte a lei. Trovai la seta delle mutandine fradicia quando ci feci scorrere un dito sopra. Incrociai il suo sguardo, deliziato quando si morse il labbro e cercò di trattenere un gemito insofferente. Lentamente, infilai un dito sotto l'orlo della seta e la spostai per ammirare il sesso rosa, bagnato e scintillante.

Senza attendere un solo secondo di più, chinai il capo e cominciai a leccare le labbra umide, strappandole un grido acuto. Con una mano stringeva la trapunta, con l'altra si aggrappava ai miei capelli. Infilai prima un dito e poi anche un altro nel canale scivoloso, senza perdere neanche una goccia dei suoi umori. Lei intanto non si tratteneva, ansimava come una forsennata e mormorava il mio nome mentre i muscoli mi stritolavano le dita.

Nel giro di pochi secondi, sentii che stava già per raggiungere l'apice, il corpo scosso da tremori di intensità sempre maggiore. Feci roteare la lingua attorno al clitoride, per poi succhiarlo appena. Delilah si irrigidì sotto di me. "Alex!" urlò, tirando i miei capelli il tanto da far male. Ma non poteva fregarmene di meno, anzi, quel dolore era il benvenuto.

Sollevai la testa e mi fermai ad ammirarla. Aveva la pelle punteggiata da goccioline di sudore, il seno si sollevava con pesantezza a ogni respiro affannato. Alla fine aprì gli occhi, lo sguardo intenso e velato.

"Ti voglio dentro di me," disse, senza mezzi termini.

Ecco, mi aveva letto nella mente. Mi alzai in piedi, sfilai i boxer e presi il preservativo che avevo lasciato sul letto, mentre lei si toglieva le mutandine e le calciò via dalle caviglie. In qualche secondo, srotolai il profilattico e poi mi inginocchiai sul letto.

Delilah si spostò un poco per permettermi di allungarmi sopra di lei. "Aspetta," mormorai, cercando di non pesarle troppo addosso.

"Oh, no, non pensarci neanche," sibilò.

Mi sfuggì una sonora risata. "Tranquilla, non stavo per fermarmi. Voglio soltanto trovare la posizione migliore per vederti venire sul mio cazzo."

Delilah si morse il labbro quando invertii le posizioni e mi abbandonai sui cuscini. Con un'intesa unica, si mise a cavalcioni sopra di me e il seno strofinò sul mio petto quando sollevò un poco il bacino.

"Le cose con calma possiamo farle la prossima volta," mormorò, portando una mano tra le cosce per posizionare la punta all'ingresso.

Al sentire i suoi umori caldi, battei la testa contro la testiera del letto e le strinsi con forza i fianchi. Mi accolse lentamente dentro di sé e le sensazioni intense mi portarono quasi al limite all'istante. Quando si sedette di nuovo sulle mie cosce, con l'asta dentro di lei fino ai testicoli, sollevò lo sguardo.

Una scarica elettrica squarciò l'aria. Nel suo sesso caldo mi sentivo a casa. Nella mia vita non avevo mai provato niente di tanto perfetto.

Sbarrò gli occhi prima di muoversi appena. "Alex," ansimò.

"Lo so."

Capitolo Otto
Delilah

Mentre guardavo Alex in quei suoi occhi profondi, il cuore batteva così rapido e così forte che lo sentivo rimbombare in tutto il corpo. Il punto di fusione che ci univa aveva un qualcosa di surreale, primordiale ed elementale.

Era passato del tempo, molto tempo, dall'ultima volta che avevo fatto sesso. Il membro di Alex era grosso e lungo, la sensazione di pienezza talmente intensa da bruciare appena, anche se non ero vergine.

Mi si riempirono gli occhi di lacrime e l'emozione mi travolse. Una cosa era il desiderio e un'altra era quello che mi vorticava dentro in quel momento, un'energia potente ed epocale.

Alex rimase immobile, la sensazione delle sue dita premute nella carne l'unica ancora che riuscisse a tenermi a galla in quella tempesta emotiva. Allentò la presa su un fianco e fece scivolare la mano fino a stuzzicare un capezzolo, turgido e dolorate. Poi, delicatamente, mi spostò i capelli dal viso.

"Delilah," mormorò, il tono ruvido.

Nonostante la confusione interiore, nell'incrociare il suo sguardo percepii un senso di stabilità, un'incredibile naturalezza come se non potesse esserci niente di più giusto che quel momento. Mi sporsi lentamente in avanti per premere le labbra alle sue, giusto una carezza. Una scarica elettrica prese vita tra le nostre bocche e la mano di Alex si intrecciò ai miei capelli. Con la lingua stuzzicò la mia, lenta e sensuale, e diede una spinta col bacino per arrivare ancora più in profondità.

Sussultai quando il clitoride toccò la sua pelle, la frizione leggera ma sufficiente perché una scarica di piacere intenso mi travolgesse. Come mi staccai dal bacio, ansimando, Alex si poggiò alla testiera.

Mi guardava con le palpebre pesanti, gli occhi penetranti che mi facevano battere ancora più forte il cuore. Lasciò andare i capelli per riportare la mano sul fianco e a quel punto non riuscii più a rimanere ferma.

Mi sollevai e poi scivolai di nuovo sull'asta, accogliendolo dentro di me con un grido quando sollevò il bacino verso il mio. Mi mancava già pochissimo. A ogni spinta, il piacere mi travolgeva come un'onda che si ripiegava su se stessa. Sentivo i muscoli irrigidirsi e il mio nome che usciva in un mormorio dalle sue labbra.

"Dai, piccola, lasciati andare. Devo sentirti esplodere."

Abbassò la mano per stuzzicarmi ulteriormente. Un piacere immenso mi inondò, il corpo prese a fremere incontrollato. Un attimo dopo, si irrigidì pure lui e strinse più forte il fianco mentre gridava ruvidamente il mio nome. Sentivo il membro caldo pulsare dentro di me e mi abbandonai su di lui, che mi prese tra le braccia per stringermi a sé.

Intanto che riprendevo fiato, percepivo i battiti del suo cuore contro il mio. Ero esausta e totalmente appagata. Alcune scariche di piacere continuavano a scuotermi. Non volevo muovermi. Mai più.

Sciolti dall'abbraccio, Alex mi convinse a fare una doccia insieme. Impresa ben poco difficile, la sua, onestamente.

Mi addormentai con una gamba piegata sopra la sua e un suo braccio attorno alle spalle, che mi stringeva forte.

Capitolo Sette

ALEX

Le luci all'esterno illuminavano la neve che cadeva fuori dalla finestra. Delilah si fece una risata e poi bevve un sorso di vino.

"Vado un attimo in bagno," disse, poggiando il bicchiere. "Torno subito."

Non appena fu abbastanza lontana, mia sorella incrociò il mio sguardo. "Delilah è fantastica e tu sei cotto," commentò con un largo sorriso e un luccichio negli occhi.

"Oh, non è solo cotto," aggiunse Nate. "Bello mio, ti stai proprio innamorando."

Mi strinsi nelle spalle, senza sentire il bisogno di negarlo. "È vero. Devo soltanto convincere Delilah che non è una follia." Gli occhi di Holly presero a brillare. "Non vorrai metterti a piangere, vero?"

Con un sorriso, Nate le passò un braccio sulle spalle e le stampò un bacio sulla guancia. "Eh, quando si parla di amore si emoziona sempre. Lo sai bene."

"Secondo te verrebbe a vivere qui?" chiese Holly.

"Forse," risposi, rievocando nella mia mente i

ricordi di quell'ultima settimana. Quei giorni inaspettati mi avevano sconvolto emotivamente, aprendo le porte del mio cuore. Quella che doveva essere una semplice vacanza in famiglia durante le feste si era trasformata in molto di più. Delilah riempiva le mie notti e mi stavo rapidamente innamorando di lei. Sapevo fosse folle, sapevo fosse troppo presto, ma non mi importava.

Il cameriere si fermò al nostro tavolo e quando sollevai lo sguardo vidi che Delilah stava tornando. I capelli scuri scintillavano sotto le lucine di Natale appese nella sala. I nostri sguardi si incrociarono e il cuore prese a martellare con violenza contro le costole.

Ore dopo, Delilah era di fronte alla finestra della nostra stanza, una cornice sul paesaggio imbiancato dalla neve che non aveva ancora smesso di cadere. Raccolsi il rametto di vischio che Marley mi aveva permesso di rubare dal ristorante. L'avevo convinta dicendole che mi sarebbe servito per una buona causa.

Fermandomi alle spalle di Delilah, le passai un braccio attorno alla vita e posai qualche bacio delicato sulla dolce curva del collo.

"Ehi," mormorai.

"Ehi a te," ribatté, la sua voce un poco nasale ormai un suono familiare. Ero perdutamente innamorato di lei e non sapevo più cosa fare.

Quando voltò la testa per guardarmi, sollevai il vischio. "Sai, significa che devi baciarmi."

Un sorriso le incurvò le labbra e una dolce risata la scosse. "Da quand'è che devi convincermi così a baciarti?"

"Volevo mantenere lo spirito festivo." Le stampai un ultimo bacio sul collo e poi catturai la sua bocca con la mia, assaporando la curva del suo sorriso prima di invaderla con la lingua. "Buon Natale," mormorai sorridente, sollevando la testa.

Delilah inclinò la testa di lato, il viso raggiante. "Buon Natale."

Capitolo Otto

ALEX

Gennaio

"Delilah, non deve per forza andare così," insistetti.

Le ciglia scure di Delilah le toccarono per un secondo le guance, gli occhi verdi intenti a studiarmi il volto. Sentivo un senso di oppressione sul petto, che mi stritolava il cuore. Nonostante avessimo appena passato due settimane incredibili insieme, non riuscivo a convincere la mia donna che tra di noi poteva esserci molto di più di una semplice avventura passeggera.

Arricciò le labbra e sollevò la mano per carezzare col pollice la mia mascella. "Alex, tu vivi qui in Alaska. La mia vita è nella Carolina del Nord. Siamo su due mondi diversi. Queste due settimane sono state meravigliose e non le dimenticherò mai, ma non prendiamoci in giro."

Lasciai andare il suo borsone. Il tonfo sordo che riecheggiò sul pavimento piastrellato dell'aeroporto pareva un'eco del mio battito cardiaco. Con un passo avanti, feci scivolare le dita tra le punte dei suoi capelli setosi e le cinsi la vita con l'altro braccio per premerla contro di me.

"Qui nessuno sta prendendo in giro nessuno," replicai, imperterrito.

Un lampo che avevo imparato a riconoscere molto bene le attraversò gli occhi, come una nube che oscurava il sole. "Non sono brava con gli addii," mormorò. Chinando la testa, posò la fronte sul mio petto, proprio sul cuore. Con una mano mi carezzava la schiena, come nel tentativo di consolarmi.

Sollevò presto il viso, gli occhi chiusi e un'espressione impassibile. "Mi mancherai," disse semplicemente, per poi stampare un bacio fugace sulla mia bocca.

"Anche tu mi mancherai." Provai ad abbracciarla, ma era fin troppo chiaro che Delilah non volesse tirarla troppo per le lunghe.

Fece un brusco passo indietro e raccolse il borsone. "Ti chiamo quando arrivo."

"Delilah..." cominciai.

Iniziò a camminare all'indietro e mi mandò un bacio nell'aria. "Mi mancherai, Alex," fu l'ultima cosa che mi disse.

Provai a seguirla, ma purtroppo non potevo continuare perché da lì cominciavano i controlli di sicurezza. Un austero addetto alla sicurezza sollevò la mano per fermarmi. "Mi dispiace, signore, se non è un viaggiatore non può proseguire oltre."

Sconsolato, rimasi a guardare Delilah mentre si allontanava. Quel mattino, l'aeroporto di Anchorage era poco trafficato. Nel giro di giusto pochi minuti, i suoi capelli scuri scomparvero oltre i controlli. Non si era voltata a guardarmi neanche una volta.

Così, mi girai per andarmene, con un senso di malinconia nel petto. Arrivato all'esterno, c'era ancora buio e venni accolto dall'aria gelida. A gennaio, Anchorage era sempre molto fredda. Ci saranno stati almeno una ventina di gradi sotto lo zero.

All'alba mancavano ancora diverse ore. Il cielo stellato mi accompagnò fino al pick-up e per tutto il viaggio fino a Willow Brook.

Ancora non avevo deciso come, ma avrei trovato un modo per convincere Delilah che valeva la pena esplorare il nostro rapporto.

———

"Lo sai che amo l'amore, Alex, ma non puoi aspettarti che Delilah sia pronta a scommettere tutto quanto su una relazione a distanza se non le dici quello che provi davvero," mi disse Holly.

"Invece le ho detto quello che provo," protestai.

"Quello che provi per chi?" chiese Janet, fermandosi al nostro tavolo con il mio bagel al formaggio e il croissant di Holly.

"Alex si è innamorato, ma non vuole dire la parola con la A," rispose aspramente Holly, dando un morso al dolce per lasciarmi in pasto allo sguardo incuriosito di Janet.

Ci eravamo incontrati al Firehouse per fare colazione. Janet era la proprietaria, che conoscevo praticamente da tutta la vita. La treccia di capelli argentata era fissata in una spirale sopra la testa e le guance paffute si gonfiarono con il sorriso che mi rivolse.

"Ti sei innamorato? Voglio lo scoop, insomma! Com'è che non l'ho scoperto prima?" mi domandò.

Neanche tentai di celare il mio sospiro. "Quando siamo andati al rifugio sciistico di Diamond Creek, per le feste, ho incontrato una ragazza che ho conosciuto alle superiori."

"Oh, ed è di Willow Brook?"

Mi rifiutavo di guardare mia sorella perché avermi messo all'angolo doveva senz'altro divertirla moltissimo. "No, Delilah non è di qui. L'ho conosciuta a un campo estivo, in Colorado."

"E siete finiti entrambi al Last Frontier Lodge per Natale? Oh, a me pare un segno del destino." Janet si portò una mano sul cuore, gli occhi quasi sognanti fissi nei miei.

Bevvi un sorso di caffè prima di risponderle. "Lei la vede diversamente. È tornata nella Carolina del Nord e trova assurdo che voglia dare un'occasione a una relazione a distanza."

Holly, che aveva finito di masticare, disse la sua. "Però Alex non le ha detto che la ama," affermò senza troppi giri di parole. "Gli ho detto che non può aspettarsi che lei sia disposta a provarci, se lui non le dice chiaramente quello che prova."

"Grazie per il contributo alla conversazione," mormorai.

Janet spostò lo sguardo su di noi con un sorriso affettuoso. "Forse non si sentiva ancora pronto. Però non ti resta che provarci," disse, un attimo prima che la chiamassero dalla cucina. Dopo avermi dato una pacca sulla spalla, ci lasciò in tutta fretta.

Gli occhi svegli di Holly catturarono i miei. "Ha ragione. Non ti resta che provarci."

"Ma perché balzi subito alla parola amore?" le chiesi, onestamente curioso. Non volevo neanche pensare a quel fastidioso prurito che mi pervadeva la nuca al solo sentir menzionare quella parola.

"Perché non ti ho mai visto comportarti così con una donna. Mai. Forse sì, è vero che è un po' presto. Ma non puoi aspettarti che lei si impegni seriamente in una relazione con migliaia di chilometri che vi separano, se non le dici che quello che provi per lei è *reale*."

Diedi un morso al bagel e mentre masticavo riflettevo anche sulle sue parole. Mandato giù il boccone, annuii. "D'accordo, capisco il tuo punto di vista. Non so come muovermi, ma stasera chiamo Delilah."

Holly finì l'ultimo pezzo di croissant e lasciò la tazza vuota sul piatto. "Ottimo. Però io adesso devo andare al lavoro."

Così, si alzò da tavola e infilò la giacca sopra l'uniforme da infermiera. Lavorava al pronto soccorso di Willow Brook. Con un sorriso e un cenno della mano, se ne andò. Continuai a mangiare da solo, sognando di avere Delilah lì con me.

"Alex!" chiamò una voce. Erano passate diverse ore e stavo lavorando.

Con la testa infilata nel vano motore di un piccolo aereo, non riuscii a riconoscerla subito. Strinsi il bullone sul pezzo che avevo appena cambiato, poi feci un passo indietro, mi raddrizzai e presi lo straccio lasciato sullo sgabello per pulirmi le mani.

Sollevai dunque lo sguardo e vidi Nate che si avvicinava. "Ah, eccoti qui," disse, raggiungendomi dalla porta dell'hangar.

"Sì, eccomi qui," replicai, lasciando cadere il panno per poi prendere l'acqua e berne un sorso. "Che si dice?"

"Per caso oggi riesci a controllare uno dei miei aerei? C'è un problema con la ventola di raffreddamento."

"Certo, per te ho sempre tempo."

Mi sorrise. "Non mi piace dar nulla per scontato."

"Ma insomma, siamo amici da una vita e ora ti sei pure sposato mia sorella. Holly mi prenderebbe a calci se non ti riservassi un trattamento speciale."

Nate si strinse nelle spalle. "Probabile. Però ti pago comunque."

Risi al commento. "Lo so. E non mi lamento mica." Lanciai un occhio all'orologio e aggiunsi, "Adesso sono libero. È una giornata piuttosto tranquilla. Vado giusto a lavarmi le mani e poi possiamo andare al tuo hangar."

"Va benissimo." Nate mi accompagnò fino al lavandino industriale montato nell'angolo. Insaponai velocemente le mani con un detergente agli agrumi per eliminare il grasso accumulato dopo aver passato la mattinata a lavorare con i motori. Ero un meccanico di aeromobili e avevo la fortuna di poter gestire la mia attività e organizzare gli incarichi come più mi piaceva. L'Alaska aveva una rete di piccoli "aeroporti", dato che contava numerose zone non raggiunte dal sistema stradale.

Lavoravo anche con le maggiori compagnie aeree di Anchorage e Fairbanks, ma mi guadagnavo da vivere con le riparazioni dei piccoli aerei sparsi per l'Alaska centro-meridionale. Nate era un pilota di professione, mentre io lo facevo per svago. La sua attività si occupava di trasporti di merce o persone, ma anche di fornire supporto aereo alle squadre di pompieri hotshot con base a Willow Brook. Era soltanto uno dei numerosi piloti che combattevano gli incendi dall'alto scaricando ritardante e acqua durante le lunghe e secche estati dell'Alaska.

Nate possedeva diversi aerei, che teneva all'aeroporto di Willow Brook. In quel momento, lo seguii verso l'hangar principale, che ne conteneva due.

"Secondo te qual è il problema?" gli chiesi, mentre apriva il vano motore.

"Non saprei. La ventola fa un rumore strano. Ho deciso di non usarlo per tutta la settimana, finché non riesci a dargli un'occhiata."

"Dai, fammi vedere." Un attimo dopo, notai che il bullone della ventola era allentato. Uno sguardo più attento rivelò che si stata arrugginendo. "Avevi ragione. Immagino che non riesca a girare bene e quindi fa più rumore del solito," commentai. "Mi basta cambiare la ventola. Il problema è soltanto il bullone, ma conviene cambiare tutto il pezzo. Sei fortunato, ne ho proprio una di riserva."

A Nate brontolò lo stomaco proprio quando raddrizzai la schiena. "Hai fame?" ironizzai.

"Non credi abbia già risposto il mio stomaco?" Alzò gli occhi al cielo.

Il sarcasmo mi strappò una risata. "Allora che ne dici se andiamo a mangiare qualcosa? Alla ventola ci penso questo pomeriggio."

Così, mi ritrovai di nuovo seduto a uno dei tavolini del Firehouse. Willow Brook non offriva un'ampia scelta di ristoranti e il Firehouse era il mio locale preferito. La caserma originale del paese era stata trasformata e rinnovata in un grazioso bar colorato dai bei pavimenti, le opere alle pareti e il buon umore di Janet.

Ci raggiunse ben presto con un largo sorriso. "Ciao, ragazzi. Volete sapere le specialità del giorno?"

"Come sempre," rispose Nate.

Janet ci fece l'elenco e quando terminò, le dissi, "Io prendo il burger di salmone con aceto balsamico allo sciroppo d'acero e patatine normali."

"Pure io," aggiunse Nate.

"Vi porto anche del caffè?" ci domandò, mentre prendeva appunti sul taccuino.

"Volentieri. Va benissimo quello della casa."

Quando anche Nate annuì, Janet ci lasciò soli. Il locale brulicava di clienti, ma d'altronde ogni giorno era sempre la stessa storia.

"Holly mi ha detto che ti manca Delilah," dichiarò Nate, andando subito dritto a quel punto che non riuscivo a togliermi dalla testa.

"Sai, l'unica cosa che non mi piace del vostro rapporto è che adesso che state insieme vi dite praticamente tutto. Prima non vi rivolgevate quasi la parola," borbottai.

Nate mi rivolse un largo sorriso. "E quindi? Non è questo il punto. Il punto è che voglio sapere cosa diamine hai intenzione di fare con Delilah."

Tra tutte le persone con cui avrei potuto parlarne, Nate era senz'altro il mio candidato preferito. "Quando è partita, ho provato a convincerla a…"

Nate mi interruppe. "Sì, sì, lo so, volevi una relazione a distanza. Senti, bello, tu sei in Alaska e lei è nella Carolina del Nord. Per come la vedo io, se con lei vuoi davvero avere un futuro, uno dei due deve sradicare le sue radici."

Non sapevo neanche come definire l'emozione che mi pervase. Era un misto di trepidazione e ansia, magari con anche un briciolo di paura. Non ero abituato a giocarmi il tutto e per tutto. Francamente, non avevo neanche mai pensato seriamente alle relazioni sentimentali.

Eppure, Delilah aveva continuato a tormentare i miei ricordi sin da quell'estate lontana. La mia convinzione era che quella storiella durata soltanto due settimane non avrebbe mai potuto evolversi in nient'altro. Però poi il destino ci aveva fatti incontrare di nuovo. Potevo davvero permettermi di lasciarla andare?

Lo sguardo di Nate si incupì, fisso nel mio.

"Non stai scherzando, vero?" gli chiesi.

"No. Sei il mio migliore amico, non scherzerei mai su queste cose. Non voglio che te ne vada dall'altra parte del Paese, ma è più che evidente che per te

Delilah è molto importante. Sarebbe da stupidi se te la lasciassi fuggire."

"E da quando in qua sei un esperto d'amore?" ribattei, cercando di spostare l'attenzione su di lui.

Nate inclinò la testa di lato, con un luccichio d'intesa negli occhi. "Non dico mica di essere un esperto, ma di sicuro ne so più di te. Non hai mai avuto una relazione seria. Ti conosco molto bene e ho capito quanto tieni a lei. Devi agire."

"E voglio farlo," dissi, e passai una mano tra i capelli, poggiandomi allo schienale.

In quel momento, Janet arrivò a portarci i nostri caffè, insieme a due bicchieri d'acqua. "I piatti sono subito pronti," ci rassicurò, prima di allontanarsi. Ringraziai il cielo che Janet era troppo occupata per coalizzarsi con Nate contro di me.

"È che proprio non lo so se riuscirei a trasferirmi nella Carolina del Nord. Amo la vita che ho qui," commentai, dopo qualche sorso di caffè.

Nate bevve il suo e fece scorrere il pollice sul manico della tazza mentre la posava sul tavolo. "Ancora non c'è nulla di certo. Ma se vuoi che Delilah riesca a vederti come più di un semplice flirt passeggero, allora devi essere disposto a sacrificare qualcosa. Sarò onesto, secondo me vale la pena tentare, ma io non riuscirei mai a vivere a migliaia di chilometri di distanza da Holly. Farei tutto il cazzo di possibile per stare con lei. Devi sentirti pronto a prendere in considerazione tutte le diverse opzioni."

Con gli occhi fissi in quelli del mio vecchio amico, annuii lentamente. "Ci penserò sopra.

Capitolo Undici
Delilah

. . .

Febbraio

Spensi la macchina premendo il pulsante. Il rombo del motore tacque, lasciandomi in un piacevole silenzio. Gli alberi erano imbiancati da un leggero strato di neve, i rami spogli ondeggiavano contro il cielo grigio. Mi trovavo di fronte alla villetta dei miei genitori.

Si erano trasferiti in quella casa cinque anni prima e mai prima di allora avevano passato così tanto tempo nello stesso posto. Per quanto potesse sembrare incredibile, era di loro proprietà insieme al piccolo terreno su cui era costruita. Quella loro stabilità mi dava un certo conforto.

Ma a quel conforto era legato anche un profondo dolore. Infatti, li avevano ereditati alla morte di mia nonna, grazie al testamento in cui l'aveva lasciata a mia madre. La mia nonnina mi mancava tanto. Era sempre stata quell'ancora costante a cui avevo potuto aggrapparmi. Nel pensare a lei, anche Alex mi invase la mente.

Mi dava fastidio che ormai il mio cervello avesse associato le due cose. Se non fosse stato per mia nonna, non sarei mai andata a quel campo estivo in Colorado. Mi era rimasta accanto e mi aveva aiutata a compilare il modulo di richiesta. Il consulente scolastico a cui facevo riferimento aveva sapientemente inviato i documenti a lei, invece che ai miei genitori. Sapeva quanto fossero inaffidabili, perché durante la mia gioventù non erano mai stati in grado di mettere radici in un posto solo. Non dovendo più pagare l'affitto, però, era cambiato tutto.

Un senso di malinconia mi attraversò al ricordo di

Alex, talmente acuto che mi faceva male il petto. Mi fermai allora a prendere qualche bel respiro profondo, per rilassare la tensione.

Aprii la portiera della macchina, che cigolò appena. Le foglie secche ricoperte di neve scricchiolavano sotto i miei scarponi, mentre camminavo verso l'ingresso. Bussai un paio di volte e poi girai la maniglia. "Mamma? Papà? Sono io."

"Ehi, tesoro," gridò mamma dalla cucina.

Mi chiusi la porta alle spalle e spostai lo sguardo sul soggiorno che mi era tanto familiare. L'arredamento era lo stesso che aveva lasciato mia nonna. C'era un divano imbottito fiancheggiato da due poltrone. Le era sempre piaciuto mantenere uno stile più rurale, di campagna. Alle finestre c'erano delle belle tendine con delle ciliegie disegnate sopra. L'ambiente era leggermente polveroso.

Il viso di mia madre apparve dall'arcata che univa il soggiorno alla cucina. "Vuoi un caffè?"

"Molto volentieri." Tolsi la neve dagli scarponi e poi li lasciai accanto alla porta, prima di togliere il giaccone.

Entrai dunque in cucina e la trovai mentre riempiva due tazze sul bancone. "Accomodati," mi disse, indicando il tavolo rotondo accanto alle finestre.

Si aprivano su una vista deliziosa. Il piccolo terreno si trovava su un lato di Stolen Hearts Valley. I monti Blue Ridge si ergevano in lontananza e la valle si apriva oltre il cortile. La famosa foschia blu quel giorno era di sfumature più sul grigio e l'argento. Pure le montagne mi facevano ricordare Alex.

I monti spogli e maestosi dell'Alaska erano tanto meravigliosi quanto i nostri, eppure sembravano così diversi. Lì, nella Carolina del Nord, si aveva l'impressione di essere cullati nell'abbraccio delle dolci colline.

In Alaska, invece, le montagne torreggiavano sul panorama, alte macchie scure contro il cielo. La loro presenza imponente e ultraterrena riusciva a mozzare il fiato, soprattutto nel suo sottolineare quanto gli umani fossero insignificanti a confronto.

Respinsi ogni pensiero su Alex in un angolino della mia mente. Per quanto avrei preferito dimenticarlo, non mi rendeva l'impresa facile. Mi scriveva ogni singolo giorno e mi chiamava ogni singola notte. Allo stesso tempo amavo e odiavo quanto terribilmente lo amavo.

Mia madre si sedette di fronte a me e si spostò i capelli neri striati di argento dagli occhi. Avevo preso i suoi stessi colori. I suoi begli occhi verdi brillavano come al solito. "Come va?" mi chiese, porgendomi la tazza di caffè nero.

"Tutto bene. Ho sempre mille cose da fare." Bevvi un sorso del liquido delizioso. "Ah, che buono," aggiunsi, lasciando la tazza sul tavolo.

"Sai, ti vedo malinconica, da quando sei tornata dall'Alaska," commentò.

"Davvero?" le chiesi, evasiva.

Mia madre era fin troppo perspicace per la mia salute mentale. Durante la mia infanzia, era stata una donna un po' frivola che si era lasciata trasportare troppo facilmente dai capricci di mio padre, ma poi era cambiata e finalmente stavamo cercando di ricostruire il nostro rapporto.

Inclinò la testa di lato, battendo l'indice sul tavolo. "Sì, davvero. Cos'è successo?"

"Ma insomma, mamma. Non è successo niente. Ho passato una bella vacanza e adesso sono tornata alla solita routine. È stato bello staccare dal lavoro e gli studi per due settimane. Tutto qui." Mi ero messa sulla difensiva e ne ero consapevole, ma non mi andava di rimuginare su quello che non potevo avere. "Papà è sveglio?" le chiesi, pur sapendo che quel cambio di argomento repentino non le sarebbe piaciuto.

Mia madre scosse la testa. "No. Ma sicuramente te lo aspettavi."

Provai un pizzico di dispiacere nel petto, un leggero bruciore proprio sopra al cuore, perché aveva ragione, *lo sapevo*. "Mamma, perché non te ne vai?" sussurrai.

Dopo un sorso di caffè, si lasciò sfuggire un sospiro quasi impercettibile e lasciò la tazza sul tavolo. "Lo so che tuo padre non ti ha reso la vita facile. Mi pento di tantissime cose successe quando eri soltanto bambina." Mi guardava intensamente negli occhi. "Adesso è malato. Anche se forse non se lo merita, non ci riesco ad abbandonarlo."

Mi si chiuse lo stomaco. "Che significa che è malato?"

"L'abbiamo scoperto prima che partissi, ma ho deciso di non dirtelo per non trattenerti qui. Da quando sei tornata ci siamo viste pochissimo. Ha il cancro. Un cancro al colon, in uno stadio già avanzato. Dio solo sa quanto tuo padre abbia sempre evitato di andare dal dottore. Avrei voluto poterti dare una vita più stabile, ma ero giovane e piuttosto debole. Mi dispiace."

"Mamma, non devi mica..." cominciai.

Scosse con decisione la testa e mi fermai.

"Invece *sì* che mi devo scusare. Sei una donna fantastica e sono tanto orgogliosa di te. Riesci a badare a te stessa, sei una gran lavoratrice, puoi permetterti di tasca tua di studiare, ma soprattutto, sei una persona buona e generosa. Non pensare neanche per un istante che non sia incredibilmente fiera di te. E so anche che sei riuscita a diventare quello che sei contro ogni previsione. Se non fosse stato per tua nonna, probabilmente la tua vita non avrebbe preso questa piega. E adesso eccoci qui, e credo sia importante fare sempre la cosa giusta. Ogni notte chiedo al cielo che cosa dovrei fare. Sono sicura che non potrei mai perdonarmelo se non accompagnassi tuo padre in questi suoi ultimi mesi di vita."

Molto probabilmente, quella era la prima volta che mia madre mi parlava onestamente del nostro passato. Io l'avevo sempre amata tanto, così come mio padre, nonostante le sue tendenze verso l'alcolismo cronico e la scurrilità. Alla fine dei conti, però, per fortuna non era mai stato un uomo violento.

Quella stretta allo stomaco cominciò quasi a fare male e il battito del mio cuore aveva trovato un ritmo debole, incerto. "Mesi?"

Mamma annuì. "Sì. Gli hanno dato dai quattro ai sei mesi. A questo stadio del cancro non gli hanno neanche consigliato la chemioterapia. Tanto non la vuole comunque. Ormai passa tutti i giorni a dormire perché è stanco e sta male, non perché ha bevuto troppo."

Mi rivelò quell'informazione con uno sguardo rassegnato e allo stesso tempo ferreo negli occhi. Presi la tazza tra le mani, come se il suo calore potesse ancorarmi alla realtà. Per anni e anni avevo covato rancore nei confronti di mio padre, ma all'improvviso, evaporò nell'aria.

"Stai facendo la cosa giusta," le dissi, dal profondo del mio cuore.

E lo pensavo sul serio. Mia madre era una persona molto leale e si impegnava sempre per adempiere ai suoi doveri. Tante, troppe volte avrei preferito che non lo facesse, ma la sua lealtà era parte integrante della personalità.

"Lo so. Spero solo tu possa capirmi."

"Certo che sì."

Le presi la mano e la strinsi forte. In risposta, un sorriso stanco le incurvò le labbra. "Di solito si alza per qualche ora, la sera. Se vuoi vederlo, puoi provare a passare per quell'ora."

"Oggi lavoro, ma domenica sera sono libera."

Mia madre annuì e bevve un altro sorso di caffè, il rumore udibile nella cucina silenziosa. Sentivo il ticchettio dell'orologio sopra il piano cottura e il richiamo di un corvo tra gli alberi, che spezzava la fredda giornata invernale.

"Dai, parliamo di qualcos'altro," annunciò mamma. "Se c'è una cosa che ho imparato da quando abbiamo ricevuto la diagnosi di tuo padre, è che non serve a nulla rimuginarci troppo sopra."

"Ho incontrato un uomo," dissi impulsivamente. Era probabile che l'onestà di mia madre mi avesse ispirata a farmi avanti, sebbene pure io ne fossi sorpresa.

Un lieve sorriso le apparve sulle labbra. "Davvero?"

"Si chiama Alex e vive in Alaska. Lo so che è una follia, ma ricordi quell'estate che sono andata in Colorado, a quel campo?"

"Certo che sì. Ti sei divertita tantissimo. Cielo, quanto ti sei arrabbiata perché non abbiamo trasferito la posta al nuovo indirizzo. Ma questo Alex che cosa c'entra?"

"Non ci crederai mai, ma ci siamo conosciuti proprio a quel campo estivo. Ero certa che non ci saremmo più rivisti. Ero così arrabbiata perché gli avevo dato il nostro indirizzo perché potesse mandarmi una lettera. Per tua informazione, lui dice di avermene inviata davvero una. Comunque sia, in Alaska sono rimasta bloccata con l'auto nella neve ed è stato proprio lui a trovarmi e salvarmi."

Mia madre sollevò le sopracciglia, intrigata. "E poi? Dai, racconta."

E così feci. Le raccontai tutto quanto, tranne del sesso da urlo. Terminai con, "E finisce così. Io sono qui e lui è lassù. Siamo davvero troppo lontani per provare ad avere una relazione a distanza seria."

Assottigliò lo sguardo e mi guardò intensamente. "Non dire assurdità, insomma. Perché non te ne vai in Alaska, allora? Non c'è niente che ti trattiene qui."

"Mamma, mi hai appena detto che papà sta morendo. Non posso andarmene così. E poi, qui ci sei tu."

"È vero, ma continueremo a sentirci. Magari, sì, aspetta finché tuo padre è ancora in vita, ma non cancellare quell'uomo dalla tua vita. Mi hai detto che lui è disposto a provarci, no? Allora non aver paura di buttarti."

Capitolo Nove

DELILAH

Non aver paura di buttarti.

Le parole di mia madre avevano continuato a rimbombarmi nelle orecchie per tutta la sera. Per fortuna che avrei saputo gestire il bar con una mano legata dietro la schiena.

Preparai un margarita e una birra alla spina, ripensando anche alla conversazione avuta con mia madre. "Ecco qui," dissi, facendo scivolare un bicchiere in una direzione e l'altro in un'altra. Contai in fretta i soldi e mi rimisi subito al lavoro.

All'improvviso, mi si drizzarono i peli sulla nuca e una strana sensazione mi scese lungo la schiena. *È impossibile che Alex sia qui.*

"Delilah."

Quella voce la riconobbi *subito*. Nella mia mente riaffiorò un ricordo molto vivido. Gli occhi di Alex penetravano i miei, il mio corpo si abbandonava al piacere e intanto lui gridava il mio nome, la voce ruvida e profonda.

Non girarti. Te lo stai immaginando.

Però, come al solito, il mio corpo non mi diede

retta. Mi voltai e rimasi letteralmente a bocca aperta quando lo vidi all'angolo del bancone. Aveva i capelli spettinati, come se ci avesse passato un po' troppe volte le dita. Non appena i suoi occhi marroni incrociarono i miei, il mio cuore parve esplodere e uno stormo di farfalle mi invase lo stomaco.

"Porca miseria, chi l'avrebbe mai detto che un giorno avrei visto Delilah così sconvolta?" ironizzò Griffin, accanto a me.

Mi girai verso il mio collega e riuscii soltanto a scuotere la testa. Neanche un secondo dopo, però, i miei occhi tornarono a focalizzarsi su Alex, come se si aspettassero che potesse scomparire da un momento all'altro.

Accidenti. Era ancora lì. In carne e ossa. Con un gomito poggiato sul bancone, mi rivolse un sorrisetto furbo che mi colpì al pari di una scossa elettrica. Era come se avessi infilato la forchetta in una presa di emozioni intense.

Tra quelle, c'era perfino l'emozione che meno conoscevo in assoluto: la gioia. Non sapevo neanche cosa farmene di tutta quella felicità che mi era montata dentro.

Griffin mi posò una mano sulla spalla. "Dai, fatti una bella pausa."

Quando lo guardai, vidi che aveva lo sguardo puntato su Alex ed era come se stessero comunicando in silenzio. "Su, vai sul retro," disse Griffin passandomi accanto, anche se ero rimasta praticamente pietrificata sui tappetini in gomma dietro al bancone.

Con nonchalance, sollevò una parte del legno e invitò Alex a raggiungerci. "Delilah è in pausa. Anzi, per oggi ha finito."

Non so cosa lesse Griffin sul mio volto, ma non ebbi il tempo di mettermi a discutere, né tantomeno le capacità mentali per farlo. Non in quel momento. Senza indugiare oltre, cominciai a muovermi, ancora stordita.

Poco dopo, la porta del corridoio sul retro si chiuse alle mie spalle, al che sollevai lo sguardo su quello di Alex. Avevo la tachicardia e mi sembrava quasi di fluttuare nell'aria, il mio corpo attratto come una calamita dal suo.

"Cosa..." Cominciai a farfugliare quando Alex si avvicinò e mi strinse in un abbraccio.

Affondai il viso sul suo petto, cingendolo con forza per la vita e respirando a pieni polmoni la sua essenza. Ogni singola molecola del mio corpo era su di giri per la vicinanza e si abbandonò presto su di lui. Alex era come il salvagente a cui potevo aggrapparmi per non lasciarmi travolgere dalla tempesta di emozioni che imperversava dentro di me.

Con qualche respiro tremolante, il suo profumo frizzante e di bosco mi solleticò le narici. Vi trovai pure una nota di freschezza della neve. "Odori di neve," mormorai contro il suo petto.

La sua risata mi scosse tutta. "Certo, perché fuori sta nevicando, dolcezza. Non l'ho mica portata con me dall'Alaska."

Alla fine, sollevai la testa per guardarlo. "Che ci fai qui?" dissi, completando la domanda che non ero riuscita a concludere poco prima.

"Mi mancavi, quindi ho comprato un biglietto aereo e sono venuto a trovarti."

Accidenti. Al suono della sua voce, un brivido ardente mi attraversò tutta, seguito da un vortice di emozioni talmente intense da riempirmi gli occhi di lacrime. Non ero una piagnucolona e non avevo intenzione di diventarlo, quindi presi un bel respiro e strizzai con forza gli occhi.

"Potevi avvisarmi che saresti venuto."

Alex si strinse nelle spalle. "Certo, potevo farlo. E probabilmente mi avresti detto che non ne valeva la pena di disturbarmi tanto. Ti conosco, piccola."

Uno sconosciuto senso di timidezza mi assalì. Nessuno sapeva capirmi come lui.

Capitolo Dieci

ALEX

Il cuore pareva sul punto di esplodere mentre mi perdevo nei luminosi occhi verdi di Delilah. Si morse il labbro, i denti bianchi che affondavano nella carne morbida. Era davvero bellissimo poterla stringere di nuovo tra le braccia.

Ogni cellula del mio corpo pareva in fiamme, mentre l'erezione pulsante premeva contro la zip. Proprio non ce la facevo a comportarmi da uomo romantico, con lei. Appena l'avevo vicina, il desiderio più puro prendeva il sopravvento.

Si fermò a studiarmi il volto e un lento sorriso le incurvò le labbra. "Sai, non è facile sorprendermi," mormorò, le guance tinte di rosso.

"Oh, immagino. Sei troppo cinica per credere nelle sorprese."

Abbassò lo sguardo e le feci scivolare una mano lungo la schiena per intrecciare le dita ai capelli setosi. "Mi sei mancata," ripetei. "In caso non l'avessi ancora notato."

Sollevò di nuovo la testa. "Quindi mi stai dicendo

che non messaggi ogni giorno con tutte le ragazze che conosci?" chiese in tono ironico.

Ero consapevole che quei suoi dubbi non fossero mirati a me nello specifico, ma quel commento bruciò comunque. Giusto un pochino.

"Assolutamente no. C'è soltanto una ragazza che ho conosciuto al campo estivo e non sono mai riuscito a dimenticare."

La porta del corridoio si aprì e Delilah sobbalzò. Era entrato il collega che l'aveva mandata a casa per la serata.

"Scusatemi," disse subito, spostando lo sguardo su di noi. "Mi serve una cassa di birra."

Delilah si avviò in tutta fretta lungo il corridoio e voltò la testa verso di noi. "Alex, ti presento Griffin. Griffin, Alex."

Griffin mi rivolse un sorriso. "Molto piacere. Guarda che posso andare a prenderla io, eh," disse a Delilah, cominciando a seguirla.

La vidi scomparire dietro una porta, da cui uscì un attimo dopo con una cassa di birra. "Sto lavorando anche io. Non posso abbandonarti così. C'è troppa gente."

Griffin si girò verso di me e poi riportò lo sguardo su di lei. "Come ho detto prima, per oggi puoi andare. Ce la faccio anche da solo."

Decisi di non intromettermi. Alla fine dei conti, mi ero presentato senza preavviso. Se Delilah preferiva continuare a lavorare, allora l'avrei volentieri aspettata per qualche ora. Ma sia chiaro, la volevo *tutta* per me il prima possibile.

Delilah si mordicchiò il labbro inferiore, guardando prima lui e poi me. Griffin prese la cassa di birra e commentò, "Se insiste, pensaci tu a trascinarla fuori."

"Me ne vado, me ne vado," replicò lei. "Sicuro che non sia un problema?"

Griffin stava già tornando verso il locale. "Certo che non è un problema. Così mi becco tutte le mance."

Delilah alzò gli occhi al cielo. "Grazie. Te ne devo una."

La porta si aprì e il brusio di voci della sala filtrò nel corridoio, finché non venne chiusa di nuovo.

Delilah mi lanciò un'occhiata prima di girarsi dall'altra parte. "Vado a prendere la borsa e il cappotto."

Nell'attesa, mi appoggiai alla parete. Tornò poco dopo e finì di infilare le braccia nel piumino caldo, dopodiché si passò la borsa sulla spalla. "Sei venuto in macchina?" Si fermò di fronte a me e sollevò lo sguardo.

Non registrai neanche la sua domanda perché avevo *bisogno* di baciarla. Non potevo attendere un secondo di più. Mi spinsi dunque via dal muro e la catturai in un abbraccio, sollevando la mano per carezzarle la guancia. "Mi sei mancata," mormorai, un attimo prima di chinare la testa per baciarla.

Fu come essere colpiti da un fulmine, i nostri corpi avvolti in fiamme ardenti. Con un lieve sospiro, Delilah si spinse contro di me. In un lampo, inclinai la testa su un lato per poterla baciare con più passione. Sentii la sua lingua che stuzzicava le labbra, al che non esitai a invadere la sua bocca calda e dolce con la mia.

Baciare Delilah era un sogno. Desiderio liquido mi scorreva nelle vene mentre la sentivo premersi a me. Eravamo entrambi vestiti, con i cappotti invernali addosso, ma quando mi staccai da lei l'intensità sregolata di quel bacio mi fece sentire messo a nudo.

Delilah aveva gli occhi bui, il respiro affannato.

Intanto, il mio cuore galoppava come un matto e faticavo a riprendere fiato.

"Dovremmo andare," sussurrò.

"Ti seguo."

———

Dopo un breve battibecco nel parcheggio del bar, alla fine mi ritrovai a cedere e seguii Delilah a casa sua nell'auto che avevo noleggiato. Il mio egoismo non riusciva a separarsi da lei. Ma quella donna sapeva essere molto testarda e non valeva la pena insistere più del necessario.

Rimasi dietro la sua piccola macchina lungo la strada buia. Un leggero nevischio volteggiava nell'aria, illuminato dai fari come glitter. Le stradine di montagna erano particolarmente tortuose. Non mi piaceva l'idea che guidasse in quelle condizioni da sola, per tutto l'inverno.

Arrivati al suo condominio, mi passai lo zaino sulla spalla e poi la seguii sulle scale. Varcata la soglia, accese la luce e si girò a guardarmi. Aveva lo sguardo cauto, l'aria preoccupata. Agitò le mani per aria, come per indicare vagamente la stanza.

"Non è molto. Non ho, beh, non ho molti soldi. Preferisco pagare poco di affitto perché devo permettermi i corsi online," mi spiegò.

Detto ciò, distolse subito lo sguardo e si tolse giaccone e scarponi. "Puoi appendere la giacca lì." Indicò una fila di ganci appesi accanto alla porta.

Non esitai dunque a imitarla e mi tolsi anche le scarpe. L'appartamento era piuttosto piccolo, molto pulito e ordinato. Il soggiorno e la cucina erano uniti, poi sul retro c'erano due porte, sicuramente la camera da letto e il bagno.

Una finestra si apriva sulla strada buia. Delilah attraversò la stanza e chiuse le tende, bianche e di un tessuto molto leggero.

"Hai fame?" mi chiese, avvicinandosi al tavolo rotondo della cucina. In soggiorno c'erano un grande divano componibile color panna, carico di cuscini, e un tavolino.

"In realtà, sì," risposi. "Ma non devi prepararmi niente."

"Ordiniamo una pizza, allora. In fondo alla strada c'è una pizzeria che fa le consegne."

E così, scoprii che la sua pizza preferita era quella con il salamino. Ma non poteva essere altrimenti, perché era pure la mia preferita.

Scoprii che il birrificio Lost Deer aveva una porter deliziosa e scoprii anche che amavo stare seduto sul divano con i piedi di Delilah posati sulle cosce e un cartone di pizza sulle sue gambe. Durante la cena, avevamo messo un programma televisivo immobiliare, per passare il tempo.

Delilah mi chiese del lavoro e di Willow Brook. Non mi sfuggì il fatto che, ogni volta che provavo a farle domande personali, mi dava soltanto risposte molto vaghe. Pareva molto esperta nell'arte di rivelare il minimo indispensabile per non dare l'impressione di aver evitato la domanda, senza mai aggiungere nulla di troppo specifico.

Arrivati a metà della pizza, presi il cartone e lo lasciai sul tavolino. "Vieni qui," mormorai.

"Sono qui." Agitò i piedi, avvolti in un paio di calzini azzurri, per sottolinearlo.

"Ma non sei abbastanza vicina." Al che, le passai un braccio attorno alla vita per attirarla a me.

Le sfuggì una risatina. Sentirla ridere in quel modo spensierato mi strinse il cuore, perché solitamente era sempre molto rigida. Finì con le ginocchia ai lati delle mie cosce. Perfetto.

Le spostai i capelli dal viso. "Allora, pensavo fosse meglio stabilire qualche regola."

"Vuoi stabilire delle regole?" Un sopracciglio scuro si sollevò, perplesso.

"Esatto. Mi sono presentato qui all'improvviso, ma la buona educazione la conosco. Non voglio che cambi gli orari di lavoro per me. Anzi, sono riuscito a organizzarmi per fare qualche lavoretto all'aeroporto di Asheville. Resterò per due settimane e spero vivamente che tu possa accogliermi tutte le notti nel tuo letto."

Delilah rimase a bocca aperta, le labbra dischiuse in un'adorabile O. "Resti per due settimane? Hai trovato lavoro?" mi chiese, la voce stridula.

Annuii, giocherellando con le punte dei suoi capelli per resistere all'impulso di palpare il seno invitante. "Proprio così. Lo so che hai una vita e che sei molto impegnata. Non volevo passare tutti i giorni a rigirarmi i pollici. Beh, posso restare da te?"

Delilah si morse il labbro prima di annuire.

"Mi vuoi?" insistetti.

Portò lo sguardo nel mio, mordendo l'interno della guancia. "Certo," sussurrò infine, le guance arrossate.

Il cuore schizzò contro le costole. Non sapevo neanche come definire ciò che provavo quando ero con Delilah. Sapevo che non volevo perdere né lei né quello che avevamo, però non mi sentivo ancora pronto a dare un nome ai miei sentimenti.

Un'altra cosa che sapevo, per quanto ridicolo potesse sembrare, era che il desiderio di lei era più profondo dell'oceano. Quando abbandonò il peso sul mio grembo, non riuscii a resistere alla tentazione di carezzarle i fianchi e stringerle la vita.

Sollevai appena il bacino per incontrare il suo e il contatto dei nostri sessi le strappò un sussulto che mi riempì di soddisfazione. Allentai dunque la presa e feci scivolare una mano fino al seno. Indossava una maglietta con lo scollo a V e dei jeans. Niente di speciale. Eppure, la sua bellezza senza fronzoli mi aveva accecato.

"Come mai hai deciso di venire fin qui?" mi chiese con un sussulto, quando cominciai a stuzzicare il capezzolo col pollice.

"Mi mancavi e volevo vederti. Tutto qui. Poi ho chiamato un vecchio amico di studi che lavora all'aeroporto di Asheville. Mi ha detto che poteva trovarmi qualche lavoretto e quindi ho preso un biglietto. Sappi che sono pronto a seguirti in capo al mondo."

Delilah si sporse in avanti e mi stampò un bacio sulla curva del collo. Non servì altro. "Ora basta parlare," mormorò. Al che, mordicchiò il labbro e salì lentamente fino alla bocca.

Baciare Delilah era come gettarsi nel cuore di un incendio. Le labbra morbide si muovevano con maestria, la lingua danzava insieme alla mia. Era una baciatrice molto attiva, qualità che amavo particolarmente.

Le passai una mano tra i capelli per lasciarla sulla nuca e poi le inclinai la testa di lato, pronto a divorarla. Cominciò a mettere in moto le mani. Quando lei sollevò la mia maglietta, io le carezzai la dolce curva del ventre, gustando la sensazione della pelle setosa.

"Alex," ansimò, in un gemito.

"Sì?" Dopo la domanda, feci scorrere la lingua sulla pelle delicata appena sopra l'osso della clavicola.

"Voglio..."

Cominciò a strofinarsi contro di me e, un secondo

dopo, prese a sbottonare i jeans. Prima che potesse togliermeli, le afferrai le mani. "Che cos'è che vuoi?"

"Te," sussurrò, il tono deciso.

"D'accordo, dolcezza."

La sollevai dal mio grembo, al che emise un gemito di protesta. "Stai tranquilla, voglio solo semplificarci le cose," le dissi.

Nel giro di qualche secondo frenetico, i vestiti raggiunsero il pavimento. Poi mi ributtai sul divano, Delilah a cavalcioni su di me. Come iniziò a muoversi contro l'asta dura, i suoi umori mi bagnarono la pelle.

Per i primi istanti mi convinsi di avere pieno controllo su me stesso e la situazione, ma mi sbagliavo di grosso. Quando ero con Delilah, il mio controllo evaporava nell'aria.

Si sollevò appena per posizionare il membro all'apertura umida e accogliente, poi ci scivolò sopra per prenderlo fino in fondo.

Capitolo Undici

DELILAH

Posai la fronte su quella di Alex, che mi premeva a sé con un braccio attorno alla vita, l'altra mano stretta sul fianco. A ogni minimo movimento, il seno strofinava sul petto possente. Avevo quasi paura che il mio cuore potesse esplodere da un momento all'altro. Il desiderio era strettamente intrecciato a una rete di emozioni intense che mi vibrava dentro.

La sensazione di pienezza mi stava già dando dipendenza. Provai a riprendere fiato, cercando di recuperare il controllo sul cuore e sul corpo, ma era tutto inutile. Un vortice di sensazioni mi travolse, trascinandomi via con sé. Il piacere era talmente intenso che mi ci abbandonai completamente.

Una carezza ardente sulla schiena, e le sue dita trovarono i miei capelli. Tirò appena e il bruciore sulla cute fu il benvenuto. Nel frattempo, mi sollevò e cominciò a spingersi dentro di me. Era grosso e lungo, mi riempiva deliziosamente fino in fondo.

Quasi non mi riconoscevo neanche. Il suo nome usciva dalle mie labbra in un sussulto soffocato ancora e ancora, tra gemiti di puro godimento, mentre lui manteneva un ritmo costante e mi teneva ancorata alla realtà.

"Guardami," disse, ruvido.

Non ero una donna che amava prendere ordini. Non che il suo fosse un ordine irragionevole, assurdo. Eppure, ogni volta che finivo nuda insieme ad Alex, ero sempre pronta a fare tutto ciò che mi chiedeva. Soltanto in quei momenti passionali e soltanto con lui riuscivo a sentirmi davvero libera.

Eravamo nel nostro piccolo mondo, un mondo senza regole, in cui potevamo permetterci di essere vulnerabili. Una vulnerabilità che non avrei mai potuto accettare in un momento di lucidità.

Sollevai la testa e incrociai i suoi occhi. Lo sguardo che vi lessi dentro mi fece battere forte il cuore. Soltanto Alex era in grado di mozzarmi il fiato con una semplice occhiata.

"Che c'è?" sussurrai, la voce consumata dal desiderio.

"Voglio vederti in faccia quando vieni."

Quelle sue parole non erano propriamente sconce, ma c'era un qualcosa nel modo in cui le aveva pronunciate, un qualcosa nel suo sguardo che fece schizzare alle stelle le sensazioni che mi vibravano dentro. Non pensavo che un uomo sarebbe mai riuscito a farmi quell'effetto, ma Alex superava sempre tutte le mie aspettative.

Mi prese per entrambi i fianchi per sollevarmi un poco. Il piacere che mi pervase quando affondò di nuovo in profondità fu incredibile, perfetto. Da quella posizione, il clitoride premeva contro il suo bacino, accentuando ulteriormente il godimento.

"Alex..."

Riuscivo a malapena a tenere gli occhi aperti. Il

suo viso era sfocato. Sollevò una mano e prese a stuzzicare un capezzolo con il pollice. Poi toccò la guancia e carezzò il labbro inferiore. Un'altra spinta dentro di me e sentii la cappella che premeva sul collo dell'utero. Come un'onda anomala, il piacere mi travolse con una potenza disumana, lasciandomi senza fiato. Il modo in cui mi guardava creava un senso di intimità talmente profondo da farmi quasi paura.

Alex strinse la presa, le dita affondarono nella pelle del fianco. Gettò indietro la testa e i muscoli del collo si tesero quando pronunciò il mio nome, per poi riversare in me il suo seme caldo.

Crollai su di lui, posando la testa nella curva del collo, e avvolta dal suo calore mi sentivo più rilassata che mai. Quello era l'effetto che Alex aveva su di me. E io che pensavo che quelle due felici settimane in Alaska non avrebbero mai avuto rivali.

Gli era bastato starmi lontano fino a portarmi alla disperazione e poi apparire all'improvviso. E così, quel livello di perfezione aveva raggiunto vette ancora più alte.

Per la prima volta, mi addormentai con un uomo nel mio letto. Avevo delle regole alquanto rigide, su quell'argomento. Ma in fondo, erano anche molto semplici da seguire perché non frequentavo mai nessuno. Non me la spassavo neanche. Di tanto in tanto mi toglievo qualche sfizio, ma tutto lì.

Non mi fidavo degli uomini. Così come non mi fidavo di me stessa e delle mie emozioni, sempre alla ricerca di qualcosa di più. Alex, invece, era riuscito a buttare giù le alte mura che avevo costruito attorno al cuore. Quando mi aveva chiesto di restare, non avevo esitato neanche un istante. *Volevo* che restasse lì con me, con tutta me stessa.

Quando mi svegliai nel cuore della notte, con la sua

mano che sfiorava il ventre, rotolai verso di lui e facemmo l'amore avvolti nell'oscurità. Non potevo più chiamarlo semplice "sesso", perché non lo era. Non lo era *affatto*.

Dopodiché, mi addormentai di nuovo nel suo caldo abbraccio. Ore dopo, i primi raggi del sole mi svegliarono. Piano piano, cominciai ad avvertire una sensazione dopo l'altra.

Il corpo di Alex premuto contro la schiena. Il suo braccio avvolto attorno alla vita. Il palmo della mano sul ventre. Perfino nel sonno, era tutto muscoli e forza pura. Mi faceva sentire completamente al sicuro. Non volevo più alzarmi. Però mi scappava la pipì.

Cominciai a spostarmi lentamente, ma strinse la presa e cominciò a carezzare pigramente la pancia. "Dove vai?" chiese, la voce roca e profonda.

Mi voltai nelle sue braccia e feci scorrere gli occhi sul suo viso. Aveva i capelli spettinati e l'aria assonnata. Santo cielo, quell'uomo era una meraviglia anche appena sveglio.

"Devo fare la pipì," gli dissi senza girarci intorno. Un rossore mi bruciò le guance, ma non aveva senso mentire. Tanto mi avrebbe sentita comunque alzarmi per andare in bagno

Quando la sua risata mi scosse la spalla, piccole esplosioni di gioia mi scoppiarono nel cuore. Cristo, era davvero troppo bello potermi svegliare al suo fianco. Durante la nostra vacanza avevo dormito ogni singola notte tra le sue braccia, ma era diverso. Lì ci trovavamo nel mio letto, nel mio mondo. E nel mio cuore.

Chinò la testa per stamparmi un bacio fugace sulle labbra. "D'accordo, allora lascio andare prima te," disse, quasi magnanimo.

Rotolai giù dal letto, nuda, e mentre andavo in bagno soffocai una risatina. Una *risatina*. Non era da me fare *risatine*. Non ero quel tipo di ragazza.

Tranne con Alex. Con Alex c'erano sempre tanti strappi alle regole. Con tutte quelle eccezioni, sembrava più la lingua inglese che un uomo.

Non avevo mai preso voti sotto l'eccellenza in inglese. Chissà se sarei riuscita a comprendere la mappa del mio cuore tanto bene com'ero sempre riuscita a navigare le insidie della grammatica.

In piedi di fronte al lavandino, ancora nuda, mi stavo lavando le mani. Spruzzai dell'acqua sul viso e lo sollevai per guardarmi allo specchio, mentre le goccioline fredde rigavano le guance. Mi sembrava di essere in un sogno e avevo quasi paura di tornare in camera mia e non trovare più Alex.

Però di solito non dormivo nuda. Avevo una canottiera morbida che adoravo e dei pantaloni da pigiama molto comodi. Mi facevano sentire bene e al sicuro. Ma nulla era neanche lontanamente paragonabile all'addormentarmi tra le braccia di Alex.

Alla fine, tamponai l'asciugamano sul viso. *È ancora lì. Non sei pazza.*

Un attimo dopo, bussò alla porta. "Hai tirato l'acqua da tipo due minuti e la mia vescica mi sta uccidendo."

Al suo commento, mi abbandonai completamente alla risatina che mi salì in gola. Aprii dunque la porta e trovai Alex, tutto nudo come me.

"Era ora!" esclamò con un largo sorriso, passandomi accanto.

Ne approfittò subito per allungare la mano e palparmi il sedere. Al contatto, quei fuochi di artificio mi esplosero di nuovo dentro. Chiusi la porta e mi ci dovetti appoggiare contro per riprendere fiato e ripetere a me stessa che sentirmi così tanto felice non era affatto saggio.

J.H. CROIX

dovetti appoggiare contro per riprendere fiato e ripetere a me stessa che sentirmi così tanto felice non era affatto saggio.

Capitolo Dodici

ALEX

"Ma poi che diamine ci fai qui, nella Carolina del Nord?" mi chiese Toby.

Io e Toby ci eravamo conosciuti alla scuola di volo. Era un ragazzo in gamba e un buon amico. Di tanto in tanto, si faceva la stagione estiva in Alaska. Si guadagnava bene ed era molto facile trovare lavoretti qua e là, in quel periodo dell'anno.

Prima di partire, gli avevo scritto un'email a cui aveva risposto dicendomi che avrebbe senz'altro trovato qualcosa da farmi fare. Grazie al suo aiuto, sapevo di poter andare a trovare Delilah senza dovermi preoccupare troppo. Non che avessi bisogno di lavorare per quelle due settimane, ma sapevo che lei non avrebbe potuto chiedere due settimane di ferie, quindi preferivo tenermi occupato mentre lei non c'era.

Lanciai uno straccio macchiato di oli motore in un secchio e poi mi voltai per lavare le mani in un grande lavandino. "Sono venuto per una ragazza."

Tony eruppe in una sonora risata. "Hai fatto tutta questa strada per una ragazza?" Sul volto aveva un'espressione a dir poco incredula.

"Proprio così."

Strofinai con forza le mani e, mentre le sciacquavo sotto l'acqua calda, Toby mi chiese, "E chi sarebbe questa ragazza che ti ha trascinato dall'altra parte del Paese?"

"Delilah Carter. Vive a Stolen Hearts Valley."

Spensi l'acqua, strappai un pezzo di carta assorbente e posai i fianchi al lavandino mentre asciugavo le mani.

"Che è a tipo tre quarti d'ora da qui," osservò Toby. "Accidenti, l'Alaska e la Carolina del Nord sono su due mondi opposti. Com'è che vi siete conosciuti?"

Lanciai la carta nel cestino vicino alla porta e risposi, "È una storia assurda, in realtà. L'ho conosciuta tanti anni fa in Colorado, a un campo estivo. Beh, non l'ho mai dimenticata. Non dico che ci siamo innamorati, ma mi ero preso una bella cotta per lei."

"E siete rimasti in contatto per tutti questi anni?" Le sue sopracciglia schizzarono verso il cielo per lo shock.

"In realtà, no. Le ho mandato alcune lettere, ma non le ha mai ricevute. A quanto pare, un suo amico di qui si è trasferito in Alaska. Il caso vuole che sia anche mio amico e che viva a Willow Brook. Per farla breve, lui e sua moglie hanno rinunciato a un viaggio e le hanno offerto la prenotazione. Così, un giorno l'ho trovata sul ciglio della strada, con la macchina bloccata nella neve. E lì, abbiamo scoperto che stavamo andando allo stesso rifugio sciistico."

"Cristo, è pazzesco. Non sono uno che crede al destino, ma qui sembra averci davvero messo lo zampino. E la ami?" mi chiese.

Ecco di nuovo la parola con la A. Ogni volta che la sentivo, era come se il mio cuore venisse messo a nudo. Per quanto Delilah fosse importante per me e io fossi disposto a correrle dietro, non mi sentivo comunque pronto a dare un'etichetta ai miei sentimenti. Non sapevo neanche se li ricambiava. Quella peperina era troppo cinica.

"Ehi!" esclamò Toby, facendo schioccare le dita.

Mi resi conto che quella pausa di riflessione era durata un po' troppo. "Non lo so. So soltanto che mi mancava e, quando mi hai detto che mi avresti trovato del lavoro, ho preso subito un biglietto."

"E continuerai a fare avanti indietro tra Asheville e Stolen Hearts Valley tutti i giorni per due settimane?"

"Beh, dai, cinque giorni alla settimana," lo corressi, con un ghigno.

Toby alzò gli occhi al cielo. "D'accordo, ho capito. Ti sei innamorato. Dai, ora andiamo a mettere qualcosa sotto i denti."

Capitolo Tredici

ALEX

Quella sera, svoltai nella stradina che portava nel cuore dei monti Blue Ridge. La famosa foschia blu aleggiava all'orizzonte. Gli ultimi raggi del sole la squarciavano in fasci argentati, e un acquerello di tinte rosa e lavanda tingeva il cielo.

Era un posto bellissimo, talmente bello che una vocina distante nella mia mente stava persino prendendo in considerazione l'idea di trasferirmi lì con Delilah. Scacciai subito quei pensieri. Ancora non ero pronto a riflettere sul futuro.

Delilah mi aveva detto di avere il turno giornaliero al bar e che quindi avrebbe staccato alle sei. Andai dritto al bar Lost Deer, perché mi aveva promesso una cena insieme con dell'ottima birra.

Qualche minuto dopo, varcai la soglia e cercai Delilah con lo sguardo. Dietro al bancone, stava passando un boccale di birra a un cliente. Era velocissima, tanto che non si fermò neanche per respirare tra un cliente e l'altro.

Aveva i capelli raccolti in una coda di cavallo alta, che ondeggiava a ogni suo movimento. Soltanto vederla, nonostante fosse dall'altra parte della stanza, mi faceva fremere per la trepidazione.

Le parole di Toby riecheggiarono nella mia mente. *D'accordo, ho capito. Ti sei innamorato.*

Forse non ero pronto a mettere l'etichetta sui miei sentimenti, ma non dubitavo comunque di quanto fosse potente l'attrazione che c'era tra di noi. Mi feci strada tra i tavoli e i clienti al bancone, diretto in un angolino contro la parete. Appena posai i gomiti sul legno, finalmente Delilah notò la mia presenza.

Allargò un poco gli occhi e incrociò i miei. Un sorriso le gonfiò le guance, ma non appena si rese conto della sua reazione lo smorzò un poco. Oh, Delilah. Quanto le piaceva giocare a carte coperte, ma allo stesso modo io amavo le sfide. Avrei giocato fino all'ultimo.

Finì di servire un cliente e non mi sfuggì il luccichio lascivo negli occhi di lui. Delilah era sexy come il peccato così com'era, al naturale. In quel momento, dentro di me esplose un qualcosa di poco familiare. Un senso di possessività che non avevo mai provato prima.

Mi raggiunse da dietro il bancone. "Ehi," disse, senza aggiungere altro.

"Ehi. Mi ripeti quand'è che finisci?"

Si voltò a guardare l'orologio montato dietro il bancone e la coda le ricadde sulla spalla. I suoi begli occhi tornarono presto nei miei. "Tra un quarto d'ora. Ti dispiace aspettare?"

"Assolutamente no."

Restammo a fissarci e il mio cuore prese a fare le capriole.

"Vuoi qualcosa da bere, nell'attesa?"

Non riuscii a trattenermi. Allungai la mano e afferrai la coda di cavallo, per avvolgere i capelli attorno alle dita. La mia donna era sempre un po' troppo nervosa quando c'ero io. Si morse il labbro.

"Non prendo niente finché non posso bere con te," risposi, scuotendo la testa.

Qualcuno la chiamò. "Devo tornare al lavoro."

La lasciai andare. "Vai pure. Non c'è bisogno di fare le cose di corsa. Io non mi muovo da qui."

Si girò senza dire una parola e andò a prendere un altro ordine. Scivolai dunque sullo sgabello e poggiai la schiena alla parete, per guardare la partita di basket sul televisore dietro al bancone. Non era un bar sportivo, ma era praticamente impossibile trovarne uno senza TV.

Poco tempo dopo, Delilah uscì da dietro il bancone e mi raggiunse. "Andiamo?" mi chiese.

Aveva già il piumino addosso e la borsa sulla spalla. Volevo baciarla e quindi mi lasciai andare.

La presi per mano e la trascinai tra le mie ginocchia. Pensavo più a un bacio fugace, ma avevo fatto male i calcoli. Io e Delilah eravamo come carboni ardenti, sempre pronti a prendere fuoco alla prima scintilla. Bastò un semplice tocco e *tsss*. Avvolti dalle fiamme del desiderio, le nostre lingue si trovarono in una danza passionale. Prima di separarsi da me, Delilah sospirò nella mia bocca.

Aveva gli occhi sbarrati e le guance di un rosso acceso. Sentimmo una risata poco distante e vidi Griffin dietro al bancone, con un largo sorriso sul viso. Delilah si voltò verso di lui, facendo ondeggiare la coda di cavallo. "Non dire niente," ordinò.

"Sono solo felice di vederti con un uomo," rispose.

Una ragazza con una folta chioma di riccioli castani si avvicinò, insieme a un uomo molto alto. "Ehi, Delilah. Non sapevo frequentassi qualcuno," le disse.

Delilah non provò neanche a trattenere il suo

sospiro frustrato. "Lui è Alex." Spostò lo sguardo sulla ragazza. "Loro sono Dani e Wade. Siamo cresciuti insieme."

Wade mi rivolse un cenno del capo. "Molto piacere." Spostò poi lo sguardo su Dani, in attesa.

Dani mi stava studiando attentamente, senza nascondere la curiosità. "Ehi, Alex. Piacere. Non sei di queste parti."

"No, vengo dall'Alaska. È un piacere anche per me."

"Oh, vi siete conosciuti durante quella vacanza?" chiese Dani, la voce più alta di un'ottava. Prima che Delilah potesse risponderle, Dani riportò l'attenzione su di me. "Un attimo, conosci Remy, per caso?"

"Sì, lavora come pompiere hotshot nel mio paesino."

Dani batté le mani. "Oh! Ma pensa te! Quando lo vedi abbraccialo da parte mia, allora."

Mi venne da ridere. "Certo."

"D'accordo, è deciso. Dobbiamo uscire tutti a cena insieme. A Shay farà troppo piacere conoscerti. È la sorella di Remy," dichiarò Dani.

"Per me non c'è alcun problema," risposi, lanciando un'occhiata a Delilah per cogliere la sua reazione.

Un leggero rossore le tingeva le guance, ma si strinse nelle spalle. "Va bene. Ci sentiamo per messaggio per organizzarci, d'accordo?"

Dopo aver chiacchierato qualche altro minuto con la coppia, Delilah mi portò all'Enoteca Lost Deer per la cena. "Questo qui è un ristorante abbastanza di classe," mi spiegò, al nostro arrivo. "I proprietari sono gli stessi del bar in cui lavoro."

Il ristorante enoteca vantava proprio un bell'ambiente. La grande sala aveva alti soffitti e finestre che regalavano un magnifico panorama sulla valle.

Eravamo seduti a un tavolo accanto a una finestra e Delilah mi chiese cos'avrei preso da bere.

"Quello che mi consigli."

"Hai mai assaggiato l'idromele?"

"Un paio di volte. A Diamond Creek c'è una birreria, ma non mi pare di avertici portata. Comunque sia, loro lo vendono."

Arrivò il cameriere e Delilah ordinò due bicchieri di idromele. Dopodiché, ci vennero elencati i piatti del giorno e scegliemmo quelli più interessanti. Quando ci lasciò soli, mi presi un attimo per guardare Delilah. Durante il viaggio in macchina aveva sciolto i capelli, che le ricadevano sulle spalle. Quei suoi capelli li amavo e facevano sempre sorgere pensieri impuri nella mia mente. Come, per esempio, ricordi di una delle nostre notti insieme durante le feste, quando l'avevo tenuta saldamente per i capelli, le sue dita arricciate attorno alla testata del letto.

Non era il momento di viaggiare troppo con la fantasia. Mi aggiustai il pacco prima di spezzare il silenzio. "Beh, immagino di dover abbracciare Shay da parte di Remy. A te dispiace uscire a cena con lei? Immagino siano tuoi amici, dato che ti hanno offerto la vacanza."

Delilah annuì. "Sì, lo sono. Io e Shay abbiamo frequentato le superiori insieme. Remy è un bravo ragazzo."

"Tra i migliori. Perché non mi parli un po' della tua famiglia?" le chiesi, per far conversazione. Era ancora restia a farlo, ma trovandoci a Stolen Hearts Valley mi pareva più che giusto farle domande sul loro conto.

Delilah strofinò pollice e indice, stringendosi nelle spalle. "I miei vivono qui. Non ho un buon rapporto con mio padre, ma con mia madre va un po' meglio."

Quello era il principale ostacolo che il poco tempo

passato insieme aveva messo in risalto. Ci eravamo conosciuti anni e anni prima, a un campo estivo. Poi ci eravamo ritrovati durante una vacanza tra i monti. In entrambi i casi, non ci eravamo scontrati con le nostre vite quotidiane. Anche se, in effetti, lei aveva perlomeno conosciuto mia sorella e il mio migliore amico.

"Non ho avuto una bella infanzia, Alex." Sembrava quasi essersi sforzata per dirmelo e chinò subito lo sguardo.

Ah, finalmente stavo scoprendo qualcosa.

"Tante persone hanno avuto infanzie sgradevoli. Sono solo curioso di conoscerti meglio," le dissi, il tono cauto.

Riportò lo sguardo nel mio, per poi distoglierlo di nuovo. Le lessi il sollievo sul volto quando il cameriere arrivò con i bicchieri.

Ne approfittai subito per assaggiare l'idromele. "Wow, che buono," commentai, lasciando il bicchiere sul tavolo.

Delilah sorrise. "Già, non l'avrei mai detto, ma appena l'ho provato mi è piaciuto subito. È delizioso."

"Dai, parlami della tua vita," insistetti.

Inclinò la testa di lato, stringendosi la radice del naso mentre si abbandonava a un sospiro. "D'accordo. Mio padre è un alcolizzato. Ma non fraintendere, non ci ha mai messo le mani addosso. Semplicemente, non è mai riuscito a tenersi stretto un lavoro. È per questo che non ho ricevuto la tua lettera. Siamo stati cacciati di casa mentre io ero al campo estivo. Non credo di aver mai vissuto nello stesso posto per più di qualche mese. Lo sapevo pure io che era tutta colpa dell'alcool e ti assicuro che non era affatto bello."

Avrei voluto stringerla tra le braccia. Mentre parlava, aveva sollevato il mento e quel suo solito sguardo ferreo era tornato nei suoi occhi.

"E tua mamma, invece?"

Un sorriso mesto le incurvò le labbra. "Ha fatto del suo meglio, in quelle circostanze ben poco ottimali. Ho sempre sperato che un giorno lo lasciasse. Se non ci fosse stata lei a spaccarsi la schiena, avremmo rischiato perfino di rimanere col frigorifero vuoto."

"E cosa faceva?"

"Nulla di particolare. Mia nonna gestiva una serra e una ditta di giardinaggio sulla sua proprietà, e mia mamma la aiutava. Adesso i miei genitori vivono lì. Mio padre avrebbe potuto aiutare con il giardinaggio, ma era troppo inaffidabile. Tutto qui. Questa è la nostra storia."

Una smorfia le arricciò la bocca mentre parlava e poi distolse lo sguardo verso la finestra. Mi resi conto di averle preso la mano soltanto quando le mie dita si incurvarono sopra le sue e sentii la pelle fredda. Trasalì appena e voltò di nuovo la testa.

"Hai freddo," osservai.

"In inverno ho spesso le mani fredde."

Non ne dubitavo, ma allo stesso tempo percepivo il tremolio che la scuoteva. Capii che parlare della sua famiglia era un tasto troppo dolente.

"Mi dispiace tu abbia avuto un'infanzia del genere," dissi infine, dato che sapevo quanto le piacessero la schiettezza e la trasparenza.

Si strinse nelle spalle. "Non preoccuparti. La vita è ingiusta, no? Invece la tua famiglia mi piace. Holly è davvero in gamba."

In effetti, la mia era una famiglia *fantastica* e sapevo di essere stato fortunato. Per quanto mia sorella fosse brava a farmi impazzire, le volevo comunque un bene dell'anima. Avremmo fatto qualunque cosa l'uno per l'altra.

"Magari riesco a convincerti a venire a Willow Brook. Secondo me ti piacerebbe."

"Chissà," rispose Delilah, il tono neutrale.

Delilah preferiva non farsi castelli in aria. Aveva come un'insegna luminosa sul viso che evidenziava tutti i suoi dubbi, quindi decisi di lasciar cadere l'argomento.

Presto arrivarono i nostri piatti e trovai tutto delizioso. Dopo cena, tornammo a casa insieme. Come al solito, ci perdemmo in quel sesso sfrenato che riusciva a farmi dimenticare tutto il resto.

Capitolo Quattordici

DELILAH

"Lo so che non ci conosciamo, ma sappi che ti abbraccio comunque," disse Shay, avvicinandosi ad Alex.

Avevamo seguito il consiglio di Dani, che però quella sera stava lavorando, e ci eravamo trovati a cena con Shay e Jackson. Tra me e Dani, non sapevo chi fosse delle due quella che passava più tempo a lavorare. Anche il suo fidanzato Wade, che faceva il paramedico, ci aveva dato buca per un'emergenza.

Alex scrollò le spalle, affabilmente. Era un ragazzo alla mano e non gli dispiaceva farsi abbracciare dagli sconosciuti.

Shay era la sorella minore di Remy. Avevamo fatto le superiori insieme, mentre invece suo fratello era qualche anno più avanti rispetto a noi. Avrebbe sposato presto Jackson Stone e si vedeva lontano un miglio che i due si amavano da impazzire. Condividevano quel genere di amore da fiaba.

"E tu devi essere Jackson," affermò Alex, dopo l'abbraccio con Shay.

Jackson gettò indietro la testa con una risata e poi

si diedero una pacca sulla schiena, con un breve abbraccio. "Remy è un caro amico. Digli pure che quell'abbraccio era per lui."

Alex sorrise. "D'accordo." Poi guardò la sala ristorante del resort. "Che bel posticino. Remy mi ha detto che è tuo."

"Sediamoci a un tavolo," disse Jackson, invitandoci a seguirlo.

Ero già stata anche altre volte in quel ristorante, ma non spesso perché non potevo permettermelo. Poiché Jackson era il proprietario, ci aveva riservato un ottimo tavolo con vista sulla valle. Il sole basso all'orizzonte proiettava la foschia blu sui monti, con sfumature di argento e lavanda. '

"Io e mia sorella abbiamo ereditato la fattoria dai nostri genitori," ci spiegò, una volta a tavola. "È da un po' che non veniva più usata come fattoria e, prima di morire, mio padre aveva avviato un'operazione di soccorso animali. Infatti, sul terreno originale abbiamo una clinica veterinaria. Il fienile è per gli ospiti e di sopra abbiamo gli alloggi."

"Avete creato un posto fantastico," commentai, in tutta onestà.

"Grazie, Delilah," disse Jackson, chinando il capo con gratitudine. "Ne andiamo davvero fieri."

"I proprietari dei Lost Deer lo adorano. Comprate sia vino che birra da loro, in fondo," dichiarai, riferendomi ai miei datori di lavoro.

"Beh, è una relazione vantaggiosa per entrambi," disse Jackson.

Un cameriere ci raggiunse e a un certo punto Dani sfrecciò poco distante e ci salutò in tutta fretta. Passammo una serata tranquilla e riuscii a divertirmi sul serio. Ero sempre talmente impegnata che non trovavo praticamente mai il tempo per vedere gli amici. Ogni tanto Shay la vedevo al bar, quando passava, così come gli altri, ma ero sempre di turno.

"Come va la vita, Delilah?" mi chiese Shay durante la cena, gli occhi verdi che luccicavano con un sorriso. "Vedo che il viaggio in Alaska è stato fruttuoso."

Mi strinsi nelle spalle, sentendo le guance in fiamme. Shay scoccò una breve occhiata ad Alex, che però era troppo occupato a parlare del suo lavoro con Jackson.

"Sembra un bravo ragazzo," commentò, a voce bassa.

"E lo è," risposi, dal profondo del mio cuore.

Avere Alex al mio fianco poteva sembrare una cosa di poco conto, ma per me era un'esperienza tutta nuova. Non frequentavo mai nessuno. Semplicemente, ero convinta che nessuno avrebbe mai voluto passare la vita con me. O meglio, ero convinta fosse meglio non appoggiarmi mai a niente e nessuno. Soprattutto non a un uomo.

"È venuto fin qui per te, quindi devi piacergli molto." Al suo commento, sentii le guance in fiamme. Shay mi sorrise. "Voglio solo che tu sia felice, sai."

Dopodiché, Jackson le fece una domanda e non tornò più sull'argomento.

Per un'altra notte di fila, concessi tutta me stessa ad Alex. Quell'uomo era magico e sapevo che mi sarebbe mancato terribilmente potermi addormentare tra le sue braccia.

Capitolo Quindici

DELILAH

"Vuoi conoscere i miei genitori?"

Alex stava masticando un morso di bagel e si fermò un attimo per annuire.

"La vedo difficile, dato che parti domani. Ma se torni un'altra volta, posso organizzare qualcosa," risposi, senza però aggiungere che non avevo neanche provato a farli incontrare, durante quelle due settimane. Un poco me ne vergognavo, ma in fondo nemmeno io andavo a trovarli spesso. Più o meno una volta al mese o giù di lì. Con molta cortesia, Alex decise di non insistere perché sapeva quanto fosse delicato per me quell'argomento. Mi colpì davvero tanto vedere quanto quell'uomo riuscisse a capirmi. E quel pensiero, beh, mi terrorizzava.

Nessuno mi aveva mai chiesto di conoscere i miei genitori. Ma in fondo, non avevo mai frequentato un uomo per lunghi periodi di tempo. Non che io e Alex ci stessimo davvero *frequentando.* Il nostro rapporto era fatto di strani intermezzi che parevano scollegati dalla vita reale. Anche se quella volta c'era qualcosa di diverso.

Alex era lì, nel mio mondo. Aveva lavorato ad Asheville mentre io balzavo da un turno al bar alle lezioni online. Mi aveva sempre lasciato il mio spazio, mettendosi a guardare la televisione con le mie gambe in grembo mentre io scrivevo al computer.

Erano momenti che amavo. Fin troppo spesso mi ero ritrovata a immaginare di essere una coppia *vera*. Il che era davvero assurdo. Dopo tutte quelle esperienze di delusione e disagio della mia infanzia, avevo imparato a non farmi mai troppe illusioni.

Mi bastava poter contare su uno stipendio fisso e un tetto sopra la testa. Mi bastava poter scegliere l'appartamento che mi piaceva di più e poter vivere dove mi pareva. Mi bastava poter fare quello che volevo e restare single anche se cercavo di più, perché perlomeno così sapevo che nessuno avrebbe potuto deludermi. Era un sogno non dover vivere con un alcolizzato.

Praticamente ogni giorno, mi ero dovuta trattenere dal rivelare ad Alex che mio padre era malato e stava morendo. Però, per qualche motivo che non riuscivo assolutamente a comprendere, non riuscivo a dirglielo. Mi sembrava fin troppo personale.

Ehm, anche spogliarti con lui e fare sesso sfrenato e intimo tutte le notti è molto personale. Quella vocina sarcastica e sempre pronta a criticare si fece sentire sopra gli altri pensieri.

Quella sarebbe stata l'ultima notte che avremmo passato insieme prima del suo ritorno in Alaska. Sapevo già che mi sarebbe mancato da morire e non lo sopportavo. Sarebbe stato perfino peggio dell'ultima volta. Quelle due settimane mi avevano dato un assaggio di una vita insieme e ne avevo amato ogni singolo minuto.

"Non è che potresti allenarti a essere un pochino più stronzo?" gli chiesi.

Seduto sul divano, smise di cambiare canale e si girò a guardarmi. Avevo i polpacci sulle sue cosce. Mi stava massaggiando distrattamente i piedi, cosa che faceva spesso. Dato che da barista mi toccava passare molte ore in piedi, quel trattamento paradisiaco era bene accetto.

"Cosa vorrebbe dire?" Sollevò un sopracciglio, perplesso.

"Beh, tipo, puoi provare a lasciare gli asciugamani per terra... o qualche piatto sul tavolo del soggiorno." Indicai il suo piatto vuoto. Sapevo che l'avrebbe portato eventualmente in cucina per sciacquarlo e metterlo in lavastoviglie. Per cena, avevamo preso un take away da un ristorantino tailandese di Asheville. O meglio, era stato Alex a portarlo a casa. Sapeva che quella sera avrei avuto lezione e non si era lamentato anche se si trattava della sua ultima notte lì da me.

"Ora che ci penso, perché non ti sei lamentato che avevo lezione?" chiusi il computer e lo spostai sul tavolino.

"So quant'è importante per te lo studio. Nel frattempo potevo mangiare, rilassarmi e fare i bagagli, quindi ho fatto quello. Non è stato chissà quale problema," disse con naturalezza.

Si fermò a studiarmi in silenzio, con quello sguardo penetrante che ogni tanto avevano i suoi occhi. Mi faceva sentire piccola piccola. Una parte di me adorava che Alex riuscisse a leggermi come un libro aperto. Ma quell'altra, quella più rumorosa e testarda, voleva darsela a gambe.

Per tutta l'infanzia e l'adolescenza, non avevo aspettato altro che l'età adulta per non dover più contare su nessuno. Eppure, in quel momento non sognavo altro che poter contare su di lui. Però io vivevo lì, mentre lui a più di seimila chilometri di distanza. In Alaska aveva la sua vita e la sua famiglia, la classica famiglia dei sogni.

Quel commento di mia madre, *non aver paura di buttarti*, schizzò nella mia mente, tanto all'improvviso come quelle persone un po' fuori di testa che invadono i campi da calcio durante le partite, senza vestiti addosso.

Soltanto pensare di trasferirmi in Alaska mi spaventava, perché significava dovermi aggrappare a qualche speranza. O più nello specifico, ad Alex.

"Se vuoi sapere i miei peggiori difetti, ti basta chiamare Holly. Di sicuro ha una lista bella lunga," mi disse, con un sorrisetto furbo sulle labbra.

Il commento mi strappò una risata. "Oh, ci scommetto. Però è tua sorella, quindi è di parte tanto nel bene che nel male."

"Sai, ho controllato i prezzi. Posso comprarti un biglietto per l'Alaska quando mettono in pausa le lezioni. È tra sei settimane, giusto?" mi chiese, il tono leggero e prudente.

Ecco un perfetto esempio di quello che stavo dicendo poco prima. Quell'uomo riusciva a comprendermi come nessun altro. Si aspettava una reazione un poco ostile e quindi l'aveva buttata lì con estrema nonchalance, come se stesse parlando del tempo.

Mandai già il groppo alla gola, costringendo il mio cuore a darsi una calmata. Ma non mi diede comunque retta e continuò a ribellarsi nel petto. Era un po' come quando uno stormo intero di uccellini prendeva il volo nello stesso istante dai rami di un albero, gridando al cielo in una cacofonia di suoni.

"Non lo so," dissi, cominciando a torturare tra le

dita l'angolo della copertina drappeggiata sullo schienale del divano.

"Lo so che non lo sai. Però pensaci. Ti prego. Lo so che sei già stata in Alaska, ma mi piacerebbe averti a Willow Brook. Così ti mostro dove sono cresciuto e puoi rivedere Holly. Le farebbe tanto piacere. Fammelo sapere entro la prossima settimana, d'accordo?"

"D'accordo." La sua poca insistenza mi provocò un immenso sollievo, anche se un pizzico di disappunto si fece strada in quel sollievo. In realtà, avrei preferito che mi pregasse di andare da lui. Santo cielo. Non mi bastava che si fosse offerto di pagare il biglietto. Sapevo benissimo quanto potessero essere cari.

Dopodiché, come avevo previsto, Alex portò il suo piatto in cucina e mise in lavastoviglie anche quello che avevo lasciato nel lavello. Uscendo dal bagno, lo trovai che la stava giusto avviando. Lo raggiunsi e posai i fianchi al bancone, le dita avvolte attorno al bordo. "Ecco, vedi? Non sei proprio capace di fare lo stronzo."

Alex si voltò. Nel giro di un nanosecondo, il suo sguardo si fece più intenso e una vampata di calore mi travolse dalla testa ai piedi. Si mosse verso di me e mi sollevò sul ripiano ancora prima che potessi rendermi conto di quello che stava accadendo.

Fermo tra le mie ginocchia, strofinò contro di me l'erezione, dura e grossa. In quel momento notai il calore umido che avevo tra le cosce. Esatto, ero già bagnata. Alex mi faceva sentire come una ragazzina vogliosa. A parte quella confusione disordinata che provavo dentro per l'intensità delle emozioni che suscitava in me, ciò che mi faceva sentire ancora più vulnerabile era la forza del desiderio che avevo di lui.

L'unico sollievo in tutto quel tumulto interiore era

che riuscivo a dimenticare tutto quanto quando mi baciava. Grazie al cielo. Prima di lui, ero abituata a tenere il cervello mezzo in funzione persino durante il sesso.

Non che mi stessi lamentando degli altri uomini, solo che nessun altro era mai riuscito a catturare talmente tanto la mia attenzione da spazzare via ogni pensiero con un vortice di passione. Mi ritrovavo ogni volta a ragionare sui compiti per la scuola, sugli orari di lavoro o perfino a preoccuparmi delle bollette. La mondanità riusciva sempre a far breccia in quei momenti in cui avrei dovuto lasciarmi andare completamente. Tranne quando ero con Alex.

Incrociai i suoi occhi color cioccolato fondente e il mio cuore fece una dolce capriola. Provai a prendere un respiro profondo, ma il fiato mi si mozzò in gola. Sentivo il flusso del sangue nelle orecchie, mescolato al martellio incessante del mio cuore. Era difficile guardarlo, perché il giorno dopo se ne sarebbe andato.

Mi salvò da quel momento di panico con un bacio caldo sul collo, giusto appena sotto l'orecchio. Al contatto con quel punto tanto sensibile, un brivido mi scosse tutta e mi venne la pelle d'oca, che si diffuse a macchia d'olio sul corpo.

"Alex." Ansimai quando con la lingua tracciò l'osso della clavicola.

"Sì, dolcezza?"

Una delle sue mani si era fatta strada sotto la mia maglietta e stava tormentando un capezzolo già duro e dolorante. "Voglio…" Non riuscivo neanche a formare un pensiero coerente e quella singola parola di sciolse in un gemito. Cos'è che volevo? Volevo *tutto* e lo volevo subito.

"Questa sera sei mia," mormorò.

In realtà ero completamente sua... corpo, cuore e anima.

Ci togliemmo i vestiti in fretta e furia e riuscimmo a raggiungere la camera da letto. Mi sembrava che Alex avesse detto che voleva assaporarsi il momento con calma.

Ero nuda ed eccitata, la pelle umida di sudore. Strofinai le cosce e la pelle si bagnò dei miei umori.

Alex torreggiava su di me, ai piedi del letto. Il suo sguardo famelico vagava sul mio corpo. Era una presenza tangibile, lo sentivo sulla pelle come strisce di fuoco.

Il materasso affondò con il suo peso quando vi poggiò sopra il ginocchio. Alex avvolse le dita attorno alle mie caviglie e fece scivolare le mani sulle gambe in carezze morbide e sicure, per poi divaricarle lenta-mente. Mormorò qualcosa. Non compresi una parola, ma riuscivo a percepirlo, sporco e dolce al tempo stesso. Stampò baci ardenti nell'interno coscia e il bacino si mosse istintivamente verso di lui non appena sfiorò leggermente le labbra umide.

"Sei bagnatissima," mormorò.

"Alex," ansimai, disperata.

Mi diede subito quello che volevo, affondando due dita nel sesso stretto. Quando le ritrasse, non riuscii a trattenere un gemito di protesta. Ma poi cominciò a leccare la carne e lanciai un urlo deliziato.

Intrecciai le dita ai suoi capelli, stringendo le lenzuola con l'altra mano. Alex stava facendo l'amore con me con la bocca, in un continuo sali e scendi in cui mi portava fino al limite per fermarsi all'ultimo secondo. Ero diventata un tutt'uno col piacere, ogni cellula del mio corpo che fremeva insaziabile.

A un certo punto, urlai di nuovo il suo nome e lui si

sollevò. "Dolcezza, voglio farti venire sul mio cazzo," disse.

Aprii gli occhi e vidi che aveva preso l'asta in mano. Fece scivolare la punta tra le labbra e, ogni volta che si fermava a stuzzicare il clitoride, rischiavo di esplodere.

"Alex," lo supplicai, disperata. Non me ne vergognavo neanche, quell'uomo riusciva a mettermi in ginocchio come nessun altro.

"Sono qui, dolcezza," mormorò, un attimo prima di posizionarsi all'apertura e scivolare dentro con una spinta calcolata.

Capitolo Sedici

ALEX

Il sesso caldo e vellutato di Delilah si avvolse attorno a me. Rischiai di venire all'istante, ma strinsi i denti e feci appello al mio autocontrollo. I suoi capelli scuri erano sparsi sui cuscini, gli occhi fissi nei miei.

Mi allungai sopra di lei, reggendomi su un gomito per spostarle alcune ciocche dal viso. Avvolse le gambe attorno alla mia vita e si sollevò contro il mio bacino. "Alex."

Il mio cuore era sul punto di esplodere. Amavo quando pronunciava il mio nome. Soltanto durante il sesso lasciava giù le sue barriere. Insieme, eravamo perfezione pura.

Ritrassi i fianchi e la sentii fremere attorno al membro quando affondai di nuovo in lei, i muscoli del canale stretti come una morsa. Un'altra singola spinta lenta e cominciò a tremare violentemente, finché un urlo squarciò l'aria.

La pressione nei testicoli aumentò a dismisura e l'orgasmo mi travolse con forza, tanto che crollai sopra di lei. Riuscivo praticamente a vedere le stelle. Non appena mi si schiarì la vista, rotolai sul materasso e la trascinai sopra di me. Sentivo i nostri cuori che battevano frenetici, seguendo lo stesso ritmo.

Non volevo più lasciarla andare. Non volevo partire. Tenendola tra le braccia, le carezzavo i capelli, consapevole che se mi fossi spinto troppo oltre o troppo in fretta con lei avrei rischiato di rovinare tutto.

Capitolo Diciassette

DELILAH

Svoltai sulla strada che portava all'aeroporto, con un senso di nausea nello stomaco. Quella mattina, avevamo cercato di comportarci come tutti gli altri giorni. Avevamo fatto colazione con del caffè e delle omelette preparate da me. Alex aveva insistito per aiutarmi a pulire la cucina, cosa che mi aveva dato un certo fastidio.

L'auto a noleggio l'aveva restituita due giorni prima sotto mia insistenza, perché all'aeroporto avrei potuto portarcelo io. In quel momento, però, me ne stavo pentendo amaramente perché mi sentivo una ragazzina stupida. Sapevo che mi sarebbe mancato da morire e l'incombente addio mi pesava sul cuore come un'incudine. Non sapevo se sarei riuscita a sopportarlo.

Raggiunto l'aeroporto, mi sentivo messa sotto pressione persino dai cartelli. Dovevo decidere se usare il parcheggio breve o se lasciarlo direttamente sul marciapiede. Quella scelta mi stava consumando dentro. Non sapevo cosa fare. Se non avessi avuto Alex lì accanto, probabilmente avrei fatto qualche giro a vuoto per schiarirmi le idee, in guerra tra loro.

Come se mi avesse letto nella mente, però, allungò la mano e la fece scivolare sulla mia coscia. "Se per te è più semplice, puoi lasciarmi sul bordo della strada. Tanto non puoi seguirmi al gate."

La risposta arrivò in un lampo. "Ti accompagno fino ai controlli," affermai.

Sbarrò gli occhi per la sorpresa e gli rivolsi un sorriso. Mi piaceva prenderlo alla sprovvista, pure coi piccoli gesti.

Non ci rivolgemmo la parola mentre Alex prendeva i bagagli dal retro, neanche durante l'attraversata del parcheggio per raggiungere l'aeroporto. Arrivati al check-in, io rimasi indietro ad aspettarlo. Ovviamente, non aveva nessuna valigia da mettere in stiva. Quell'uomo era riuscito a portare il necessario per due settimane nello zaino, il che aveva dell'incredibile.

Mi raggiunse e, mano nella mano, ci avviammo verso i controlli di sicurezza. Nel frattempo osservavo le persone che correvano da una parte all'altra, chiedendomi se anche loro stessero soffrendo come me in quel momento.

Raggiunta l'area in cui cominciava la fila per i controlli, Alex si voltò a guardarmi. Lasciò scivolare lo zaino giù dalla spalla, per tenerlo tra i piedi.

Dopodiché, prese le mie mani tra le sue e mi guardò dritto negli occhi. "Hai deciso se vuoi venire a trovarmi durante la pausa? Se preferisci pensarci ancora, puoi dirmelo la settimana prossima."

Avevo già deciso da tempo, ma non avevo ancora trovato il coraggio di dirglielo. Mandai giù il groppo alla gola e annuii.

"Significa che verrai o che hai deciso?" Accennò un sorrisetto.

"Sì," sussurrai. "Verrò. Anche se non mi piace l'idea di farti comprare i biglietti."

Non sopportavo più il suo sguardo intenso e quindi chinai il capo e fissai i nostri piedi. Come lui, avevo indossato un paio di scarpe da ginnastica, dopo un suo commento su quanto sarebbero state più comode per un volo di oltre dodici ore.

Mi lasciò andare e poi sollevò delicatamente il mio mento con le nocche. Riportai lo sguardo nel suo e dentro di me speravo non capisse che mi veniva da piangere. La gioia immensa che lessi nei suoi occhi mi fece battere il cuore all'impazzata.

"Fantastico. Allora compro i biglietti appena arrivo e ti mando un'email. Ok?"

"Ok," sussurrai ancora. Era come se non riuscissi ad alzare la voce.

Un annuncio risuonò nell'aeroporto e una famiglia ci corse accanto. A un certo punto, a uno dei bambini cadde una borsa, che la donna raccolse senza quasi fermarsi.

"Dovrei andare anche io," mi disse Alex.

"Ok." A quanto pare, il mio vocabolario si era deteriorato.

Alex mi prese tra le braccia, stringendomi in uno di quei suoi abbracci che mi facevano sempre sentire al sicuro. Affondai il viso nel suo petto e inspirai a pieni polmoni il suo profumo, cercando di imprimerlo nella mente per non dimenticarlo.

Capitolo Diciotto

ALEX

Aprile

"Quand'è che viene Delilah?" mi chiese Holly.

Controllai l'orologio, come se l'orario avesse potuto darmi la risposta. Holly, che da brava sorella rompipalle era in grado di notare subito il minimo dettaglio, aggiunse, "Non hai uno di quegli orologi costosi con il calendario, genio."

Nate, seduto sull'altro lato del tavolo, si fece una risata. Li guardai entrambi prima di rispondere. "Lo so. Tra tre settimane, quando le lezioni sono in pausa."

"Come se la sta cavando con lo studio?" domandò Holly, gli occhi che brillavano di curiosità.

"Bene, credo. Quando ero da lei seguiva le lezioni tre volte alla settimana e studiava tutte le sere."

"Sai quanto è avanti con il corso?"

"Ehm, no," risposi. "Perché, dovrei saperlo?"

Holly strinse le labbra. "Certo, scemo. Hai attraversato il Paese per passare due settimane con lei e hai pagato per farla venire qui da te una settimana. Dovresti sapere tutto quanto."

"Sul suo corso di infermieristica?" La discussione mi aveva assolutamente sconcertato.

Nate, da vero migliore amico qual era, poggiò i gomiti sul tavolo con uno sguardo di compassione negli occhi. Ci trovavamo al Wildlands, nel ristorante e bar del popolare resort di Willow Brook. Qualche ora prima avevo incontrato Nate al suo hangar per occuparmi di un altro dei suoi aerei, e lì mi aveva invitato fuori a cena. Ovviamente, anche Holly ci aveva raggiunti.

"Holly crede che ti sei innamorato. Di conseguenza, significa che devi sapere assolutamente tutto su quella donna, per quanto irrilevante possa sembrarti rispetto alla relazione," mi spiegò Nate, con un sorriso.

"E lui sa sempre tutto quanto sul tuo lavoro?" chiesi a mia sorella.

"Certo," rispose lei, secca.

Quando spostai lo sguardo su Nate, capii che non era vero. "Scommetto che non sa neanche i tuoi turni di domani. Figuriamoci quelli della settimana prossima. E scommetto anche che nemmeno tu sai cosa deve fare."

Holly si morse il labbro e poi mi fece la linguaccia.

"Complimenti, molto maturo da parte tua. Allora parlerò con Delilah e le chiederò a che punto è con il corso."

"Se si trasferisce qui, può fare il tirocinio all'ospedale," disse emozionata Holly, strofinando le mani insieme.

"Non so se siamo già arrivati alla fase *sono pronto a trasferirmi dall'altra parte del Paese per te.*"

Soltanto al pensiero, però, il mio cuore fece come una buffa capriola nel petto. Anche se io e Delilah avessimo cominciato a vivere nello stesso posto, che fosse l'Alaska o la Carolina del Nord, sapevo che dovevo giocarmi bene le mie carte per convincerla che tra di noi poteva esserci qualcosa di vero. I suoi livelli di cinismo e cautela erano su tutto un altro piano.

Holly mi scoccò un'altra occhiataccia. "Beh, se neanche tu ne sei convinto al cento per cento, allora dimenticati che Delilah possa pensare di fare quel passo. Sento sempre tantissime storie meravigliose di persone che si sono conosciute a distanza e poi si sono innamorate. Imparano a conoscersi a trecentosessanta gradi prima di andare a vivere insieme. Lo trovo un sistema incredibile. Dovreste approfittare anche voi due di questa lontananza."

"Dice quella che ha sposato il mio migliore amico storico. Vi conoscete praticamente dall'alba dei tempi," mormorai.

Con una risata, Nate si poggiò allo schienale e passò un braccio sulle spalle di Holly. "Non ha poi tutti i torti."

Holly allora scosse la testa e sbuffò profondamente. "Beh, lo so che loro due non si conoscono da quando erano bambini. Sto cercando di discutere della loro situazione, non della mia."

"Cos'hai detto?"

Ci fu una pausa e poi un sospiro di Delilah raggiunse il mio orecchio, dal telefono, e percepii il suo fastidio. Io, intanto, ero assolutamente scioccato e confuso.

"Mio padre è malato."

Ero ben consapevole che, durante la mia permanenza da lei, aveva fatto tutto il possibile per evitare di presentarmi i suoi genitori. Perfino dopo che avevo espressamente manifestato quell'interesse. Non era affatto piacevole rendermi conto di quanto poco la conoscessi. Il problema non si limitava al suo corso di studi, ma a tutto quanto.

"Malato quanto?" le chiesi.

"Sta morendo," sussurrò.

"Mi dispiace," le dissi, la voce quasi spezzata. "Perché non me l'hai detto prima?"

Provai a immaginare il suo volto e sapevo che in quel momento mi avrebbe guardato con profondo sospetto perché non le piaceva ricevere domande personali. Cominciavo davvero a temere che non mi avrebbe mai aperto il suo cuore, continuando a tenermi a distanza. E, nel nostro caso, a tenerci lontani c'era un continente intero.

"Non lo so. Non parlo molto di me. Con nessuno. È che proprio non ci sono abituata. Da piccola non potevo mai invitare i miei amici a casa, date le condizioni della mia famiglia, quindi ho imparato a tenermi tutto dentro," mi spiegò.

"Quando hai scoperto della malattia?" le chiesi, il tono affettuoso.

"Poco dopo essere tornata dalle vacanze in Alaska."

Il suo tono era sulla difensiva. Ricordai a me stesso che non avrebbe avuto alcun senso arrabbiarmi perché me l'aveva tenuto nascosto. Però non erano i dettagli a darmi più fastidio, piuttosto la consapevolezza di quante cose avesse preferito non dirmi.

"È per questo che quando ero lì non mi hai voluto presentare i tuoi?"

"Immagino. Senti, Alex, non prenderla sul personale. Io e mia madre siamo in rapporti decenti, mentre non sono mai stata legata a mio padre. Mai. Ha un cancro al colon ed è in stadio avanzato. Mia madre mi ha detto che secondo i dottori non gli resta molto."

"Mi dispiace tanto, Delilah." Dentro di me, sentivo di non poterle dare ciò di cui aveva bisogno attraverso semplici parole. Volevo stringerla tra le braccia.

Essendo nato in una famiglia amorevole, facevo fatica a immedesimarmi in lei. Dovevo vederla in faccia. "Possiamo fare una videochiamata?" le chiesi, parlando senza neanche riflettere.

Delilah non disse nulla e il silenzio cominciava a farsi pesante. "Ok," sussurrò infine.

"Metto giù e ti richiamo subito."

Non appena chiusi la telefonata, mi resi conto che avrebbe potuto non rispondermi più. Cercai di nuovo il suo contatto, avviai la videochiamata e rimasi in attesa. Mi resi conto che stavo trattenendo il fiato soltanto quando Delilah rispose. Le videochiamate non le piacevano molto. Praticamente tutte le sere provavo a convincerla ad accettare, ma trovava sempre una scusa per rimandare.

Un'idea del perché me l'ero fatta. Si era costretti a guardarsi in faccia.

"Ehi," la salutai in tono affettuoso, appena il suo viso apparve sullo schermo. Notai subito i lineamenti tirati e l'espressione stanca.

"Cazzo," cominciò Delilah, spostandosi con nervosismo i capelli dal viso. "Sei sempre così buono e gentile, e non sono abituata ad avere qualcuno che si preoccupa per me. Ti chiedo di non prendere male il fatto che non ti abbia parlato prima delle sue condizioni."

Per quanto potesse sembrare assurdo, ero felice di vederla così ansiosa. Non perché mi *piacesse* saperla ansiosa. No, soltanto l'idea mi stringeva il cuore come una morsa e soprattutto odiavo essere a migliaia di chilometri da lei. Eppure, se si sentiva in quel modo, voleva dire che riusciva a comprendere quando fosse importante per me, quanto *lei* fosse importante per me. Il che era incredibile, un successo monumentale.

"Non preoccuparti," la rassicurai. "Mi dispiace davvero tanto per tuo padre. Posso fare qualcosa per aiutare?"

La bella bocca di Delilah si contrasse in una smorfia mentre scuoteva la testa. "No. Però sai, è strano. Ieri sono andata da loro più o meno all'orario in cui mia madre mi aveva detto che l'avrei trovato sveglio. Infatti lo era, ma non sembrava affatto in sé. Ha già bisogno di cure palliative. È sempre stato un alcolizzato e adesso è strafatto di antidolorifici. Però va bene così, l'importante è che non soffra."

"Meglio così, anche se non è in sé." Feci una pausa per fare ordine tra i pensieri. Continuai dunque il discorso, pur non avendo un'idea chiara di quello che stavo provando a esprimere. "Non posso dire che so o che capisco quello che hai passato da bambina, perché ho avuto un'esperienza diversa. Però so quanto sarebbe difficile avere dei genitori sui quali non posso fare affidamento e mi dispiace molto che per te sia stato così. Se potrai mai accettarlo, vorrei offrirti un posto in cui senti di appartenere."

Il suo sguardo studiò il mio attraverso lo schermo. Un lampo parve attraversarle gli occhi, ma non avrei saputo dirlo con certezza.

"Mi piacerebbe molto, sai," disse infine. "Parlami della tua famiglia."

"Allora, Holly la conosci già. È mia sorella gemella. Siamo soltanto noi due. Mio padre è un pilota, come me."

"Sei anche un pilota?" mi chiese, incredula.

"Sì, non te l'avevo detto? Lavoro come meccanico,

ma so anche pilotare gli aerei." Mi rivolse un sorriso che mi sciolse il cuore. "E lo è anche Nate. Te lo ricordi, vero? L'hai conosciuto a Natale." Quando annuì, continuai, "Mio padre era un pilota estremo e prima di andare in pensione ha girato praticamente tutta l'Alaska. Mia mamma invece faceva l'infermiera. Anche lei è in pensione. Beh, non al cento per cento, ecco. Va ad aiutare in ospedale quando manca personale. Ah, e sappi che Holly vorrebbe che facessi il tirocinio qui a Willow Brook, dove lavora lei. E mi ha pure fatto la paternale perché, a detta sua, dovrei sapere tutti i dettagli sul tuo corso di infermieristica."

Delilah rise, deliziata. "Come sta? E il tirocinio ce l'ho per l'anno prossimo."

Non mi sfuggì che ignorò completamente la proposta di svolgerlo a Willow Brook, ma decisi che non valeva la pena insistere. "Sta bene, dai. I miei genitori sono ancora insieme e vivono nella casa in cui sono cresciuto. Che tu lo voglia o no, quando sarai qui non credo che riuscirai a evitarli. Willow Brook è un paesino molto piccolo e Holly ha già detto a tutti che verrai a trovarci. Mi dispiace."

Si strinse nelle spalle. "Figurati. Holly la conosco già. Se sono sopravvissuta a lei, posso affrontare anche i tuoi genitori, giusto?"

"Potresti affrontare chiunque, Delilah."

Il commento la fece arrossire. "Senti, ho lezione tra cinque minuti. Devo proprio andare, così scaldo in fretta la cena prima che cominci."

"D'accordo. Grazie per avermi parlato di tuo padre."

Delilah annuì e poi portò due dita alle labbra per mandarmi un bacio.

Capitolo Diciannove

DELILAH

"Ehi, D," disse mio padre, chiamandomi con quel soprannome che soltanto lui usava.

Da bambina lo odiavo perché mi trasmetteva un senso di pigrizia, proprio come tutto quello che faceva. Come non si impegnava per tenere un lavoro, per non bere o in generale nella vita, non si prendeva neanche la briga di pronunciare il mio nome per esteso. Non che avessi qualcosa contro quel soprannome in particolare. Semplicemente, nessun altro lo usava.

In quel momento, però, mi si smosse qualcosa dentro. Avvertii quel senso di vuoto nello stomaco di quando un ascensore si muove all'improvviso, o durante una discesa improvvisa sulle montagne russe. Proprio perché mio padre era l'unica persona a chiamarmi in quel modo, voleva dire che molto presto non l'avrebbe più fatto nessuno.

Un senso di tristezza mi inondò e dovetti chiudere gli occhi per almeno un minuto, seduta accanto al suo letto. Quando li riaprii, vidi che i suoi erano chiusi. Sdraiato sul letto, aveva un aspetto molto fragile. Le braccia erano sottili, la pelle ingrinzita aveva perso colore. Sembrava che l'ultimo barlume di vita rimasto si stesse spegnendo lentamente. E, in fondo, era davvero così.

"Ciao, papà. Come ti senti?"

"Di merda," rispose con una risata, aprendo gli occhi.

Una cosa di mio padre l'avevo imparata molto presto, ovvero che era un uomo schietto e diretto. Non si vergognava di nulla, neanche di ubriacarsi "fino allo schifo". Parole sue, non mie.

Allungai la mano per stringere la sua e la debolezza con cui ricambiò mi colpì nel profondo. Ritrassi il braccio e intrecciai le dita, lasciando le mani sulle ginocchia. Come facevo sempre quando ero nervosa, cominciai a far rimbalzare il piede sul pavimento.

Mio padre voltò la testa verso la finestra. Era una giornata di pioggia, molto in tema con il mio umore. Dentro di me sentivo la stessa malinconia e lo stesso grigiume del cielo, con la pioggia che rappresentava lacrime non versate. Per poco non balzai sul posto quando parlò di nuovo, la voce rauca.

"Lo so che non sono stato un buon padre. Spero che tu sappia che ti ho sempre amata e che ti amo ancora. La settimana scorsa sono andato a un incontro degli alcolisti anonimi."

Per fortuna che aveva lo sguardo rivolto da un'altra parte, perché ero rimasta letteralmente a bocca aperta per lo shock. Un attimo dopo, però, si girò e mi sorrise dolcemente. "Non preoccuparti. Il tuo stupore è più che comprensibile. Ho passato la vita a spalare merda sugli alcolisti anonimi, in fondo. Ci sono andato perché prima di morire volevo almeno capire una cosa."

"Ovvero?"

Mi sentivo di nuovo una bambina, che lo stava

sbirciando da dietro l'angolo in attesa di vedere se finalmente avrebbe realizzato il mio desiderio: mettersi sulla strada giusta.

"Beh, sobrio non posso diventarlo e non mi rimane abbastanza tempo per seguire tutte le fasi di disintossicazione. Ma posso perlomeno dirti che mi dispiace davvero tanto che abbia permesso all'alcool di rubare la mia vita e la tua infanzia."

Mi resi conto di star piangendo soltanto quando una lacrima fresca scivolò sulla guancia. Lentamente, papà allungò una mano sul comodino e mi passò una confezione di fazzoletti. Il gesto mi strappò una risata. Dopodiché, soffiai il naso e tamponai gli occhi, appallottolando il fazzoletto tra le dita.

"Lo so che ormai le mie scuse non hanno più molto valore, ma sappi che mi dispiace davvero," aggiunse.

I suoi occhi azzurri reggevano i miei mentre gli studiavo il volto. Aveva la pelle di un alcolizzato. Sotto la superficie pallida come un lenzuolo, era ben visibile una mappa di capillari rotti.

"Non preoccuparti, papà. A me dispiace vederti in queste condizioni."

"Va bene così. Diamine, ho passato anni e anni a cercare di ottenere antidolorifici. Non ce l'ho mai fatta e dover andare dal dottore lo rendeva ancora più difficile. Adesso, sono praticamente strafatto," affermò con una risata.

"Non voglio vederti soffrire. Sicuro che non ci sono problemi, se sto via per una settimana?"

"Certamente. La tua mamma mi ha detto che hai conosciuto un uomo. Ti prego, dimmi che non ha problemi con l'alcool."

"No, nessuno." Scossi la testa con decisione e mi si strinse il cuore.

"Parlami di lui."

Durante quella conversazione che *mai* in vita mia mi sarei aspettata di avere con mio padre, gli raccontai praticamente tutto quello che sapevo su Alex... Come ci eravamo conosciuti, del viaggio in Alaska, di come si fosse offerto di pagare i biglietti per il mio viaggio. Ovviamente, le parti del sesso le esclusi.

Continuai a parlargli finché non gli si chiusero gli occhi e il suo respiro si fece più delicato, quindi capii che doveva essersi addormentato.

Capitolo Venti

DELILAH

Tardo aprile

Ancora una volta, mi ritrovai con lo sguardo puntato fuori dal finestrino dell'aereo, meravigliata dal panorama montano che si estendeva sotto di me, i bianchi picchi ammantati di neve in contrasto con l'azzurro del cielo. La superficie dell'oceano era increspata dal vento, mentre perdevamo lentamente quota per l'atterraggio ad Anchorage.

Come toccammo terra, mi venne la tachicardia. Accesi il cellulare non appena ci venne dato il permesso e ricevetti all'istante un messaggio di Alex.

Alex: *Ti sto aspettando fuori dalla zona degli arrivi.* Alla fine della frase, aggiunse l'emoji con il sorriso a trentadue denti.

Il mio cuore, che stava letteralmente impazzendo, rimbalzava da una parte all'altra del petto per l'emozione. Pochi minuti dopo, seguii la folla fuori dall'aereo e poi lungo un corridoio. Oltre le porte di vetro che separavano le due aree dell'aeroporto, vidi Alex che mi aspettava.

Si guardava scrupolosamente attorno e il mio stomaco prese a fare le capriole quando i suoi occhi trovarono i miei. Col cuore che martellava con forza, mi si era pure bloccato il fiato in gola. Alex mi sorrise e le mie labbra ricambiarono il gesto.

Quell'uomo mi faceva sentire una ragazzina scema. Elettrizzata come non mai, dentro di me volevo strillare e corrergli incontro. Dovetti però trattenermi, perché una bambina aveva appena fatto cadere la valigia davanti ai miei piedi, rischiando di farmi inciampare. Cominciò a piangere e mi fermai ad aiutare sua madre, che con l'altra mano teneva un bambino più piccolo.

Quando la bimba smise di piangere e si allontanarono, sollevai lo sguardo e vidi che Alex era ancora lì ad aspettarmi. Quel cinismo che avevo dentro non riuscivo neanche a comprenderlo. Per un istante, mi ero quasi convinta che se ne fosse andato. Il che era assolutamente assurdo. Era venuto a prendermi, aveva comprato di tasca sua i miei biglietti. Perché mi avrebbe mollata lì? Semplicemente, non ero abituata ad avere qualcuno disposto a scomodarsi per me.

Appena varcai la soglia, sapevo che non potevo più tornare indietro. Ma in quel momento non desideravo altro che abbandonarmi tra le forti braccia di Alex.

Senza pronunciare parola, si avvicinò e mi strinse in un abbraccio. Lo sentivo premere contro di me e feci un bel respiro profondo, esalando un sospiro tremolante mentre affondavo il viso nel suo petto. Il suo profumo mi faceva impazzire.

Un minuto dopo, sollevai la testa e lui continuò a carezzarmi dolcemente la schiena. I suoi occhi marroni erano in attesa dei miei.

"Ehi," mormorò.

"Ehi a te."

Restammo a guardarci a lungo e percepivo una risata che mi risaliva in gola. Quando mi sfuggì, Alex ridacchiò e poi domandò, "Che c'è di tanto divertente?"

"Non lo so."

Non lo sapevo davvero. Probabilmente si trattava di una semplice risata nervosa. Ero serena e contenta, ma un poco di ansia la provavo comunque.

Un attimo dopo, Alex si sporse alle mie spalle e raccolse il mio piccolo trolley, che a un certo punto doveva essersi rovesciato. Dopo averlo rimesso in piedi, si voltò e mi cinse la vita con un braccio.

"Andiamo?" mi chiese.

"Certo. Sempre che tu non voglia restare ancora qui dentro."

Cominciammo a camminare fianco a fianco e notai il sorriso che gli aveva arricciato le guance. "Se sono con te, non mi dispiace stare neanche qui dentro. Avevi qualche valigia in stiva?"

Scossi la testa. "No, è una vera scocciatura e ormai costa pure troppo. Ti fanno pagare anche per una valigia sola."

"Hai ragione. Anche se posso permettermi di pagare, diciamo che non lo faccio per principio. È una cosa che detesto. Hai fatto bene a portare il piumino, comunque," osservò, guardando il giubbotto ripiegato sul braccio.

"Non sapevo quanto freddo ci sarebbe stato. Ho controllato il meteo e ho visto che le giornate sono tiepide, ma che con il buio arriva il freddo."

Alex annuì. "Già, sta arrivando la stagione del fango," mi spiegò. "Diciamo che non hai beccato il periodo più bello, ecco. Mi piacerebbe tornassi anche in estate, così puoi vedere i cameneri in fiore."

Non sapevo come rispondere perché era troppo difficile pensare a un futuro così distante. Già mi ci era voluta una bella dose di coraggio per fare quel viaggio. Era presto per pensare al prossimo. Ero arrivata tardi e fuori dall'aeroporto ci accolse l'oscurità. Alex camminava a passo sicuro e non mi aveva ancora lasciata andare. Amavo la sensazione del suo palmo caldo sul fianco. Amavo quando mi stringeva a sé.

Sebbene sapessi benissimo di trovarmi in Alaska, era buffo quanto tutti gli aeroporti fossero uguali. Superammo la porta girevole, arrivando sulla zona del marciapiede utilizzato dai taxi e i vari servizi di auto che attendevano le folle di viaggiatori.

Il mio respiro si mescolò all'aria in una nuvoletta di condensa. C'era piuttosto freddo e avrei voluto infilare la giacca. Però non lo feci, perché non volevo separarmi da Alex finché non avessimo raggiunto il parcheggio. Arrivati al pick-up, mi voltai a guardarlo. "Hai lasciato il motore acceso per tutto questo tempo?"

La domanda gli strappò una risata. "Certo che no. Ho un telecomando a distanza e l'ho avviato appena ti ho vista. Sapendo che c'è molto freddo, volevo che trovassi l'interno bello caldo."

Salii a bordo, con un sorriso. "È la stessa macchina su cui mi hai caricata quando mi hai trovata sul ciglio della strada, prima di Natale," commentai, allacciando la cintura.

Alex, da vero galantuomo, aveva messo la valigia sul retro e insistito che indossassi la giacca. Mentre metteva la cintura, mi rivolse un'occhiata. "Certo che lo è. Non ho mica due macchine, solo questa qui."

Oddio, quando ero con lui diventavo scema. Gli sorrisi, provando un senso di gioia immenso dentro.

Lasciammo il parcheggio in silenzio e, raggiunta la sbarra, mi offrii di pagare il biglietto. Quando Alex mi ignorò, un senso di insicurezza mi travolse. Per tutta la vita non avevo mai avuto *abbastanza*: mai abbastanza soldi, vestiti, qualunque bene potesse servirmi. Quell'uomo aveva insistito per pagare il mio biglietto aereo ed ero pronta a scommettere che durante quella settimana non mi avrebbe permesso di spendere un soldo.

"Per favore, fammi pagare qualcosa." Le parole mi sfuggirono prima che potessi trattenerle.

Con una mano sul volante, Alex mi lanciò un'occhiata. "Sei mia ospite," affermò, come se fosse una giustificazione valida.

"Però quando sei venuto da me hai pagato tu," protestai, incerta del perché avessi tirato fuori l'argomento. Una certa irrequietudine mi stava montando dentro.

Il semaforo a cui ci eravamo fermati divenne verde e ripartimmo. Intanto, decisi di non insistere e tenni la bocca chiusa. Non avevo molti soldi. Tutti i miei risparmi mi stavano pagando gli studi.

"Non voglio litigare per i soldi," dichiarò infine Alex, imboccando l'autostrada.

"Neanche io," mormorai.

Con lo sguardo fuori dal finestrino, troppo concentrata a non arrabbiarmi per una sciocchezza, non mi ero neanche resa conto che stava provando a prendermi la mano. Stretta nella sua presa calda e decisa, se la portò sul grembo.

"Piantala di farti tutte queste paranoie. Sento le rotelle che si muovono nella tua testa, sai," mi disse.

Il sorriso nella sua voce riuscì ad allentare leggermente quella tensione che si stava formando nel petto.

"D'accordo, ci proverò. Quanto è lontano Willow Brook?" gli chiesi, cercando di cambiare argomento per distrarmi.

"Più o meno quarantacinque minuti. Tra poco ci lasciamo alle spalle le luci della città e puoi goderti il panorama."

"C'è buio," sottolineai l'ovvio. "Come faccio a vederlo?"

Alex rise e mi strinse la mano, le dita intrecciate alle mie. "Il cielo è sgombro e c'è la luna. Riuscirai a vedere il panorama, te l'assicuro."

Come promesso, qualche minuto dopo il profilo dei monti si stagliò in lontananza. Le stelle scintillanti spezzavano l'oscurità. Mi voltai dall'altra parte, dove la luna si rifletteva sull'acqua. La superficie si increspava sotto il chiarore argentato.

"Quindi Willow Brook è sull'oceano?" domandai.

"È vicino," rispose Alex. "In paese abbiamo un grande lago e l'oceano è a una ventina di minuti dal centro. Quella laggiù è la baia di Cook, che sbocca nell'Oceano Pacifico."

"Che meraviglia." Ero rimasta assolutamente incantata dallo spettacolo. Già con le emozioni sotto-sopra, tutta quella bellezza mi aveva toccato il cuore.

"Già."

Il resto del viaggio proseguì in silenzio. A un certo punto, Alex uscì dall'autostrada — autostrada ben poco trafficata, comunque — e dopo qualche minuto le luci di un paesino apparvero in lontananza.

"Eccoci a Willow Brook," mi informò poco dopo, prendendo una stradina.

Essendo quasi mezzanotte, tutti i negozi erano chiusi, ma i lampioni erano accesi. La strada principale era molto caratteristica, con vetrine ben curate e insegne che brillavano nel buio.

"Domattina veniamo a prendere il caffè qui," disse, superando un locale chiamato Firehouse.

Qualche minuto dopo, Alex si fermò di fronte a una casetta avvolta dall'oscurità. Due singole luci fiancheggiavano il portone d'ingresso. "Siamo arrivati."

Insistette per trasportare la valigia e i miei passi scricchiolavano sulla ghiaia mentre lo seguivo lungo il vialetto e su per le scale del piccolo portico. Mi guardai intorno e vidi soltanto una fitta distesa di alberi, però sapevo che la zona era abitata anche da qualcun altro, perché avevamo superato qualche casa prima di arrivare.

Oltre le due lampadine sulla porta, era impossibile vederci qualcosa. Varcammo la soglia e Alex accese le luci. L'ingresso si apriva su un open space e la parete sul lato opposto vantava enormi finestre che donavano una visuale incredibile sulle montagne ornate dalla luna.

"Che bello," commentai, a bassa voce.

"È difficile trovare una casa con un brutto panorama, qui in Alaska," ribatté lui con una risata. "Il cappotto appendilo pure qui."

Stava indicando un attaccapanni accanto alla porta. Tolsi dunque le scarpe e appesi la giacca, per poi seguirlo attraverso il soggiorno, separato dalla cucina da un'isola.

Aprì una porta e mi portò nella camera da letto padronale, anch'essa dotata di finestre che incorniciavano i monti e di un letto gigantesco.

Alex trascinò la valigia in una stanza adiacente che, in seguito, scoprii essere una cabina armadio con scaffali su entrambi i lati. Dopodiché, la sollevò e la posò sopra una cassettiera. "Puoi lasciarla qui."

Così, mi portò a fare un rapido giro della casa. C'era la sua camera da letto, con bagno annesso e una vasca enorme. Il soggiorno e la cucina avevano una tavolozza di colori tenui, così come il resto della villa. Dall'altra parte rispetto alla sua camera da letto ce n'era un'altra, mentre dal soggiorno si poteva raggiungere anche il bagno con lavanderia.

Tornati in sala, commentai. "È proprio un bel posticino. L'hai arredata molto bene."

Alex mi rivolse un sorrisino timido. "L'hanno arredata Holly e mia madre. Però io l'ho costruita e Nate mi ha dato una mano. Comunque, hai fame? Sapevo saresti arrivata tardi, quindi ho preso una pizza che avremmo potuto riscaldare se ne avessi avuto voglia."

Neanche feci in tempo a rifiutare, che il mio stomaco brontolò rumorosamente.

Alex ridacchiò. "La scaldo subito."

Dopo mangiato, mi addormentai sul divano senza neanche rendermene conto. Mi risvegliai tempo dopo, tra le braccia di Alex. "Ti porto a letto," mormorò, stampando un bacio sulla mia tempia.

La tensione della lunga giornata di viaggio lasciò il mio corpo non appena mi riaddormentai nel suo caldo abbraccio.

Capitolo Ventuno

ALEX

Delilah aveva le guance arrossate dalla doccia. Non riuscendo a starle lontano, mi ero unito a lei prima di balzare in auto per andare a fare colazione in centro. Aveva ancora i capelli bagnati e li toccò leggermente con la mano. "Sei sicuro?"

"Sicuro di cosa?"

"Che posso uscire con i capelli bagnati."

Trattenni un sorriso. "Certo. Anche i miei sono ancora bagnati." Indicai le ciocche umide.

Alzò gli occhi al cielo e sbuffò piano. "Sei un maschio, tu."

Allungai la mano e strinsi la sua. "Delilah, siamo in Alaska. Potresti presentarti nel più raffinato dei ristoranti con degli stivali di gomma e nessuno ti guarderebbe storto. Stiamo solo andando a prendere un caffè. È un posto molto tranquillo, giuro."

"Già, ma potresti incontrare chiunque. Sei nato e cresciuto qui, in fondo."

"Non ho dato appuntamento a nessuno, quindi se becchiamo qualcuno è tutta colpa del caso."

"Oh, mio Dio. Anche i tuoi genitori frequentano il locale? E se li incrociassimo?"

Non riuscii a trattenere una sonora risata. "Se ne fregherebbero, piccola. Non ti sei mai preoccupata così tanto per il tuo aspetto. Che succede?"

Svoltai sulla Main Street e le lanciai un'occhiata. A vederla tanto tesa, il mio cuore si strinse appena.

"Non lo so. È che qui siamo nel tuo mondo e non voglio lasciare una brutta impressione."

"Hai già conosciuto Holly. Nella mia famiglia, probabilmente è lei la più tosta. Però non ti sei mai preoccupata, quando eravamo al resort."

Entrai nel parcheggio del Firehouse e trovai un posto sul fondo.

"Sì, beh, ma lì è stato tutto inaspettato. Non ce l'avevo neanche il tempo per preoccuparmi," replicò Delilah.

"Non ti dirò che non ti devi preoccupare perché, quando lo dicono a me, non aiuta mai."

Delilah mi rivolse un largo sorriso. "Grazie. Quando me lo dicono mi sento sempre una sciocca. E poi mi preoccupo perché mi preoccupo troppo. Sento come se stessi facendo qualcosa di sbagliato."

"Esatto. Quindi ti dirò semplicemente questo: sei una donna bellissima e non potresti mai e poi mai lasciare una brutta impressione."

Delilah arricciò le labbra, ma non protestò oltre. Un attimo dopo, aprii la porta e me la chiusi alle spalle, per poi prendere Delilah per mano. La campanella risuonò nell'aria mentre si guardava intorno.

Il Firehouse era in attività da quando ero bambino. Approfittai del momento per osservarlo attraverso i suoi occhi. Il locale era ospitato nell'originale caserma del paese. Il garage squadrato e dal soffitto molto alto era stato trasformato nell'area ristorante, con cucina e pasticceria a vista. Il palo dei pompieri era dipinto con fiori di camenerio dai colori accesi, mentre tavolini quadrati erano sparsi per la sala e alcune opere d'arte decoravano le pareti.

C'era qualche volto familiare, ma nessun amico o parente. Tirai un sospiro di sollievo. Per quanto mi piacesse trovarmi circondato dai miei cari, Delilah mi dava l'impressione di non sentirsi molto a suo agio. Dopo aver saputo la sua storia, riuscivo a comprendere meglio il disagio.

A Delilah era toccato diventare indipendente in tenera età. Volevo a tutti i costi farle capire quanto fosse importante appoggiarsi agli altri, ma dovevo ancora trovare la maniera giusta per realizzare tale magia.

"Ci mettiamo in fila o ci sediamo?" mi chiese, sollevando lo sguardo.

Resistetti alla tentazione di baciarla. Delilah non era truccata, e con il viso fresco e colorato era stupenda. Le labbra rosa erano ancora gonfie dopo i baci selvaggi che ci eravamo scambiati poco prima, sotto la doccia.

Dovevo resistere perché sapevo che non avrebbe apprezzato un gesto troppo intimo in pubblico. "Come vuoi," risposi, con una scrollata di spalle. "Se ci sediamo vengono a servirci, però non ci sono menù. Magari è meglio ordinare al bancone, così puoi scegliere le proposte dalla lavagna."

Delilah si avvicinò al bancone e la seguii, senza lasciarla andare. Due ragazze che si tenevano per mano si fecero da parte e arrivò dunque il nostro turno.

Janet sfoderò un sorriso raggiante. "Ma ciao, Alex. Chi è la tua amica?" Lo sguardo acuto di Janet si spostò sulle nostre mani giunte.

"Ti presento Delilah. È venuta qui dalla Carolina del Nord, dalla stessa cittadina di Remy."

Non capii come potesse essere fisicamente possibile, ma il sorriso di Janet si allargò ulteriormente quando la guardò. "È davvero un piacere. Benvenuta nel nostro paesino. Cosa prendete?"

Per fortuna, Janet tagliò corto. Era una gran chiacchierona, ma fin troppo gentile per punzecchiare Delilah. Ordinai un caffè e un bagel con formaggio spalmabile, mentre Delilah stava ancora studiando la lavagna.

"Io prendo un caffè normale," disse. "E il bagel con salmone affumicato e formaggio sembra molto buono."

"Oh, lo è," confermai.

"Metti tutto sul mio conto," affermai, rivolgendomi a Janet.

"Certo. Andate pure a sedervi."

Dietro di noi si stava già formando la fila, quindi ci spostammo per raggiungere un tavolino accanto alle finestre.

"Che bel posto," commentò Delilah, sfilando il cappotto per appenderlo alla sedia.

"Già. Un tempo era la caserma del paese."

"Janet sembra proprio una brava persona," aggiunse.

"È la migliore. È amica di mia mamma, quindi ti avverto che probabilmente le scriverà subito per vantarsi di averti conosciuta per prima."

Un leggero rossore le tinse le guance. Scosse appena la testa e le ciglia le carezzarono le guance mentre srotolava il tovagliolo avvolto attorno alle posate.

Janet ci aveva appena portato i caffè quando Remy Martin entrò nel locale. Si guardò rapidamente intorno e sbarrò gli occhi non appena posò lo sguardo su Delilah. Senza perdere tempo, ci venne incontro. "Ehi, Delilah!" esclamò, fermandosi al nostro tavolo.

Delilah sollevò lo sguardo e un sorriso le aprì il volto. "Ehi, Remy!"

Si alzò per un breve abbraccio. Per qualche motivo, provavo un certo sollievo nel vederla un poco cauta perfino con qualcuno che conosceva da anni. Ma quel sollievo era mescolato anche a un senso di tristezza. Remy spostò lo sguardo su di noi. L'avevo incrociato giusto la settimana prima e l'avevo informato dell'arrivo di Delilah. Molto probabilmente non mi aveva neanche creduto.

"Quando sei arrivata?" le domandò.

"Ieri notte. Però, in effetti, era già passata la mezzanotte, quindi forse dovrei dire stamattina."

"Ciao, Remy." Janet ci raggiunse con i bagel. "Ti preparo il solito?" gli chiese, dopo aver lasciato i piatti sul tavolo.

"Certo. Grazie, Janet!" le urlò dietro lui, dato che era già tornata di corsa a servire qualcuno al bancone.

"Dovremmo uscire a cena insieme," annunciò Remy. "Adesso non posso fermarmi a chiacchierare perché sto andando al lavoro. A Rachel farebbe tanto piacere vederti."

Delilah mi guardò e annuii. "Dimmi quando siete liberi. Stasera siamo con i miei, ma poi ci siamo quando volete."

"Questa settimana lavori?" mi chiese.

"Sono disponibile solo per le emergenze."

"Ah, d'accordo. Comunque sia, poi ne parlo con Rachel e vi faccio sapere, ok?"

"Perfetto, bello."

Dopo aver dato a Delilah una pacca sulla spalla, Remy si voltò e si allontanò.

Delilah diede un morso al bagel e le sfuggì un

gemito deliziato. "Oh, mio Dio," mormorò, dopo aver finito di masticare. "È incredibile."

Le sorrisi. "Eh, già. E ti assicuro che non è salmone di importazione. Probabilmente è stato pescato proprio qui, alla baia di Cook. Da bambini eravate molto legati, tu e Remy?" le chiesi, tra un morso e l'altro.

Delilah inclinò la testa di lato e sollevò una mano, che agitò per aria. "Non esattamente. Ho fatto le superiori con Shay, quindi ovviamente conoscevo meglio lei. Lui era qualche anno avanti a noi. La nostra amicizia è di quelle lì, sai. Ci conosciamo da una vita, ma non siamo mai stati molto legati." Prima che potessi dire qualcosa, aggiunse. "Quindi stasera ceniamo con i tuoi?"

Imprecai internamente. Ero sicuro che avrebbe passato la giornata intera a tormentarsi per l'ansia.

"È un problema? Perché possiamo ancora rimandare. Pensavo di approfittarne, dato che sei qui. Ci saranno anche Holly e Nate."

Delilah mi studiò il volto, ma fece una lunga pausa prima di rispondere. "No, nessun problema. Mi avrebbe fatto piacere conoscerli comunque. Così, perlomeno, l'angoscia durerà soltanto per oggi."

"Giuro che non mordono."

Continuammo a mangiare in silenzio, col brusio di voci in sottofondo. Pensavo non se la sentisse di continuare la conversazione, ma a un certo punto disse, "Non ho mai conosciuto i genitori di un uomo."

La guardai negli occhi e dissi l'unica cosa che mi venne in mente. "E io non ho mai presentato una donna ai miei genitori."

Capitolo Ventidue

DELILAH

"Dunque, cosa fai nella vita?" mi chiese Leslie, la madre di Alex.

La sua era, ovviamente, una domanda perfettamente ragionevole e aspettata. Tuttavia, non mi sentivo a mio agio a dirle che lavoravo come barista.

Però dovevo essere onesta. "Faccio la barista. E sto studiando per diventare infermiera," aggiunsi, cercando di stamparmi un sorriso cortese sul volto.

La compagnia dei genitori di Alex mi rendeva *troppo* nervosa.

Leslie sorrise. "Oh, anche io ho fatto la barista per qualche anno, quand'ero all'università. È l'alternativa perfetta per mettere qualche soldo in tasca e avere orari flessibili. Holly mi aveva già detto che studi infermieristica. Come procede?"

"Bene, direi. Studio mentre lavoro, quindi seguo praticamente tutto online. La prossima primavera dovrò propormi per il tirocinio."

Sua madre annuì di nuovo. "Onestamente, la vita da infermiera mi è piaciuta tanto, ma lo studio non mi è *mai* mancato. È stata davvero dura, c'era tantissimo da fare. È incredibile che tu riesci a farlo con un lavoro a tempo pieno."

Mi strinsi nelle spalle. "Altrimenti non me lo potrei permettere. E poi, dopo il tirocinio, finalmente potrò cominciare a lavorare come infermiera."

In quel momento, Alex e suo padre tornarono dal garage, dove Alex aveva dato un'occhiata alla loro auto. "Quand'è pronta la cena?" chiese Russell.

La signora mi rivolse un sorriso dispiaciuto. "Ha sempre fame. Ancora non ho trovato una soluzione, nonostante ben trentacinque anni di matrimonio."

Russell mi rivolse un sorriso imperturbabile. "Semplicemente, sei una cuoca troppo brava."

Leslie si alzò dalla poltrona comoda e lo raggiunse. Suo marito si chinò per stamparle un bacio sulle labbra. "Che adulatore, santo cielo. Comunque sia, dovrebbero volerci ancora quindici minuti. Controllo il forno," rispose. "Sapete quando arrivano Holly e Nate?"

Alex, che si era messo in piedi accanto a me, controllò l'orologio. "Aveva detto che si sarebbero presentati qui un quarto d'ora fa, ma a quanto pare sono in ritardo." Spostò lo sguardo su di me. "Vuoi qualcosa da bere?"

Feci per scuotere la testa, quando Leslie intervenne. "Oh, cielo! Non ti ho ancora offerto niente. Alex, rimedia subito."

Una delle sue forti mani mi strinse la spalla e quel breve contatto riuscì almeno in parte a placare l'angoscia che mi vorticava nel petto. "Hanno di tutto e di più. Vino, birra, acqua, bibite, succo e... non so, probabilmente anche qualcos'altro," mi informò Alex, con un sorrisetto.

"Tu cosa prendi?"

"Una birra."

"Allora prendo quello che prendi tu."

Incrociò il mio sguardo. "Non ti obbliga nessuno, sai. Se preferisci qualcos'altro, ti basta dirmelo."

"La birra mi piace. Davvero, non la prendo solo perché la prendi tu," gli dissi con un sorriso.

Alex lasciò il soggiorno e attraversò l'arcata che portava in cucina. Un attimo dopo, tornò con due bottiglie di birra in mano. Dopodiché, si sedette sulla poltrona accanto alla mia. La casa dei suoi genitori era molto accogliente. I soffitti erano alti e le finestre che davano su un prato facevano entrare molta luce. C'erano un grande divano e due poltrone molto comode rivolte una verso l'altra, con un piccolo tavolino in mezzo.

Volevo rilassarmi. Tutta quella timidezza non mi apparteneva. Altrimenti, non avrei mai potuto lavorare in un bar. Però era la prima volta che incontravo i genitori di un uomo, soprattutto di uno che stava diventando così importante per me, e non riuscivo a parlare o a sciogliere la tensione.

Alex trovò il mio sguardo. "Non hai nulla di cui preoccuparti. Ti adorano già," disse con un filo di voce.

Mi morsi il labbro e poi bevvi un sorso di birra. "Hanno una bella casa," commentai, cercando di ignorare la conversazione troppo personale.

"Già."

Mi voltai verso la finestra e gli chiesi, "Ma qui in Alaska esiste qualche posto che non abbia una bella vista?"

La domanda gli strappò una risata. "Non credo. Però potrei dire la stessa cosa dei monti della Carolina del Nord."

"È vero, ma qui è tutto ancora più gigantesco."

Alex annuì proprio quando il portone di ingresso si aprì e Holly e Nate entrarono in casa. Sua sorella attraversò subito la stanza per raggiungerci, quindi lasciai la birra sul tavolino e mi alzai per salutarla. Per mia grande sorpresa, mi strinse in un forte abbraccio.

"Oddio!" esclamò, lasciandomi andare. "Sono proprio contenta che sei qui. Che ne pensi di Willow Brook?"

"È speciale," dissi, senza riuscire ad aggiungere altro.

Nate stava parlando con Alex e i due signori ci raggiunsero nella stanza, quindi cominciarono i saluti. Mi sentivo un'intrusa. Non avevo alcuna esperienza con le famiglie come la loro, in cui tutti quanti erano gentili e uniti da un affetto genuino e palpabile.

Tirai avanti con educazione e cortesia, finché non arrivò il momento di sedersi a tavola. Quando ancora vivevo con i miei genitori, in nessuna delle case che avevamo cambiato c'era mai stato un tavolo da pranzo. Holly e Nate, invece, probabilmente ci avevano passato tutta l'infanzia, insieme ai loro genitori.

"Diciamo la preghiera," affermò Leslie.

Tutti chinarono il capo. "Amen," concluse Russell, dopo averla pronunciata alla velocità della luce.

Dovetti mordere il labbro per trattenere una risata, quando lo sguardo divertito di Holly trovò il mio. "Ridi pure. Da piccoli facevamo le gare di preghiere."

Mi lasciai dunque andare. "Non so neanche cosa significa."

"Avevamo sempre una fame da lupi, quindi volevamo vedere chi l'avrebbe detta più in fretta," spiegò Alex, accanto a me.

Fu una cena deliziosa. Leslie aveva preparato del salmone condito con limone e altre spezie, con contorno di riso pilaf e asparagi. Avevo appena finito di mangiare, quando Holly chiese, "Alex te l'ha detto che puoi fare il tirocinio al nostro ospedale di Willow

Brook? Io ti consiglio di provarci. Sarebbe fantastico averti qui con noi."

Quando posai lo sguardo sul suo volto, l'espressione così tanto amichevole e cordiale, avrei tanto voluto dirle che faceva parte dei miei piani. Però era assurdo. Non vivevo lì e, in realtà, il rapporto che c'era tra me e Alex non sapevo neanche quanto fosse reale. Avevo paura che, un giorno, mi sarei svegliata da sola nel mio appartamento per rendermi conto che si trattava soltanto di un sogno.

"Sì, me l'ha accennato," risposi, fermandomi a bere un sorso d'acqua per poi lasciare le posate sul piatto.

"Molti di questi programmi online ti permettono di fare il tirocinio dove ti pare. Il nostro ospedale è accreditato con le principali associazioni infermieristiche che approvano proprio questi programmi. E stai tranquilla, non lavoreresti sotto di me. Sono una caporeparto del pronto soccorso, ma dei tirocini si occupa uno degli amministratori. Però potremmo lavorare insieme e ti assicuro che siamo proprio un bel gruppo. Pensaci, sul serio."

Capitolo Ventitré

ALEX

Delilah era nervosa. La cena con la mia famiglia era andata bene, o almeno così pensavo. Purtroppo, però, il suo disagio non mi era sfuggito.

Era passato qualche giorno e dovevamo incontrare Remy e Rachel per cena. La vedevo ancora nervosa. Avevamo scelto il Wildlands perché Delilah era molto curiosa di vederlo, dato che le avevo detto che ci passavo molte serate insieme ai miei amici.

Spensi il motore del pick-up e il silenzio regnò nell'abitacolo, finché il grido di un'aquila non spezzò l'aria.

"Cos'è stato?" Si voltò a guardarmi.

"Un'aquila. Vengono spesso ad appollaiarsi sugli alberi intorno al lago."

Scendemmo dall'auto e la invitai a seguirmi fino alla fine del parcheggio, che si trovava sul retro dell'edificio. Il lago si estendeva di fronte a noi, la superficie striata di sfumature dall'arancione, al rosso, all'oro, mentre il sole calava sull'orizzonte.

"Che posto bellissimo," mormorò Delilah, al mio fianco.

"Già." La presi per mano e il mio cuore fece le capriole quando intrecciò le dita alle mie.

Volevo porre fine alle sue angosce, però in fondo nemmeno io sapevo come dare un senso a quello che c'era tra di noi. Perché, alla fine dei conti, se volevamo stare insieme uno dei due avrebbe dovuto cambiare completamente vita. Spinsi però via quei pensieri, non ancora pronto a prendere una decisione. Avrei voluto fosse tutto più semplice e quel sentimento mi faceva sentire un vero codardo.

Al grido di un'altra aquila, spostai lo sguardo sulla riva finché non vidi l'uccello appollaiato su un abete. "Aspetta un attimo." La lasciai andare e tornai di corsa al pick-up. La raggiunsi un minuto dopo e le porsi il binocolo che tenevo sempre nel vano portaoggetti. L'aquila gridò ancora e la indicai.

Delilah sollevò il binocolo e si guardò intorno per un po', prima di fermarsi. "Oh, wow. Non ne avevo mai vista una in natura."

"Se vuoi vedere tante aquile, allora ti porto alla stazione di trasferimento," affermai.

Delilah seguii il volo dell'aquila, la silhouette nera messa in contrasto con i colori del crepuscolo. Quando svanì in lontananza, Delilah abbassò il binocolo e mi guardò. "La stazione di trasferimento? Sul serio? Non è molto romantico, Alex," ironizzò.

Con una risata, presi di nuovo il binocolo. "Non ho mica detto che lo fosse, però lì puoi vedere tutte le aquile che vuoi. Garantisco io. Dai, andiamo." La presi di nuovo per mano. "Probabilmente Remy e Rachel sono già arrivati. Lei la conosci già?"

Ci fermammo al pick-up e riposi l'oggetto dov'era prima. Dopodiché, attraversammo di nuovo il parcheggio e Delilah rispose. "L'ho vista solo una volta.

Remy l'ha portata al bar durante una vacanza che hanno fatto insieme."

Ogni giorno di più, mi stavo rendendo conto di quanto spesse fossero le mura che si era costruita intorno. Non dedicava molto tempo neanche a chi chiamava suo amico. Dovevo ritenermi fortunato che mi avesse lasciato avvicinare così tanto.

Qualche minuto dopo, Remy domandò, "Quanto ti fermi?"

"Giusto questa settimana. Devo tornare a Stolen Hearts Valley per ricominciare a lavorare e studiare," rispose Delilah.

"Puoi studiare ovunque," commentai, sorprendendo perfino me stesso.

Per un istante, percepii lo sguardo duro di Delilah nel mio, ma lo ressi comunque. Per qualche motivo, sentivo il bisogno di insistere più del solito. Ormai avevo capito che per guadagnarmi la sua fiducia dovevo calcolare ogni mia azione nei minimi dettagli. Non potevo correre troppo, ma allo stesso tempo dovevo anche spingere un po', altrimenti non avrei mai vinto.

Quando distolse lo sguardo, Rachel commentò. "Sì, è vero. Holly mi ha detto che sta provando a convincerti a fare il tirocinio nel nostro ospedale. È una bella struttura, però potresti farlo anche dove lavoro io."

Delilah parve confusa dal commento, ma una cameriera si fermò al nostro tavolo. Intanto che Remy ordinava, Rachel si spiegò meglio. "Lavoro come assistente medico nella clinica di Willow Brook. Abbiamo due dottori, uno full-time e l'altro part-time, ma c'è anche qualche infermiera. Se scegli noi, ti seguirà Charlie, il mio capo. È fantastica."

Remy la interruppe. "Ho ordinato una brocca di birra e qualcosa da sgranocchiare. Spero vada bene per tutti." Detto ciò, passò un braccio sulle spalle di Rachel, il gesto assolutamente naturale e affettuoso. "Cos'è che dicevi di Charlie?"

"Stavo spiegando a Delilah che può fare il tirocinio anche alla clinica. Charlie è un ottimo capo."

"Non è il mio capo," disse Remy con un lento sorriso. "Però sì, è in gamba."

"Ancora non so cosa fare," confessò Delilah. "Cioè, vivo nella Carolina del Nord."

Con un largo sorriso, Remy agitò le sopracciglia. "Allora dovresti trasferirti qui. Io l'ho fatto e non me ne pento assolutamente. Certo, mi mancano Shay e i miei amici, però Willow Brook è un posto fantastico dove vivere."

Mi segnai a mente di ringraziarlo, la prossima volta che ci saremmo visti. Delilah, evasiva come al solito, disse semplicemente, "Vedrò com'è la situazione il prossimo autunno, ovvero quando finisco l'ultimo semestre prima del tirocinio, che si svolgerà in primavera."

La cameriera tornò con la birra e il cibo. Remy chiese a Delilah notizie su Stolen Hearts Valley. Rachel, invece, assunse il ruolo di mia cheerleader personale per il resto della cena.

A un certo punto, Remy chiese, "I tuoi come stanno?"

Delilah strinse con forza le labbra. "Tutto a posto," rispose, senza aggiungere altro.

Per qualche motivo, quella risposta mi colmò il cuore di una profonda tristezza. Non soltanto per la situazione, ma piuttosto per la sua tendenza a chiudersi in se stessa per proteggersi dal resto del mondo.

Suo padre stava morendo, eppure non riusciva neanche a menzionarlo.

Ce ne andammo poco tempo dopo e, sulla via del ritorno, non potei fare a meno di chiederle, "Dimmi una cosa, ce li hai degli amici intimi?"

Sentivo il suo sguardo che mi bruciava quasi la pelle. "Sì. Perché me lo chiedi?"

"Perché non parli della malattia di tuo padre nemmeno con chi ritieni tuo amico."

L'aria si caricò all'istante di tensione. "Dipendo soltanto da me stessa. Sono l'unica persona su cui abbia sempre potuto contare," dichiarò seccamente.

Mi voltai e la trovai con le braccia conserte e lo sguardo fuori dal finestrino. "Delilah, non volevo..."

Mi lanciò una breve occhiata. "Non giudicare la mia vita. Sappi che non mi sono mai lamentata della mia vita. Non sono cresciuta con una famiglia come la tua, quindi per me è diverso."

"Delilah, non ti sto giudicando. Vorrei soltanto che permettessi a te stessa di contare su qualcuno."

"Posso contare su me stessa."

Capitolo Ventiquattro

DELILAH

Ci vedevo rosso e mi ribolliva il sangue di rabbia. Non potevo che mettermi sulla difensiva. Chiaramente, Alex pensava che tutti quanti dovessero condurre una vita come la sua, piena di amici intimi e persone a lui care per cui era un libro aperto.

Mandai giù quella rabbia e non dissi nulla, lo sguardo fisso sulle montagne in lontananza. I suoi genitori e sua sorella li adoravo già, così come adoravo quel grazioso paesino. Era normale che Remy se ne fosse innamorato subito, quando si era trasferito per lavoro. Non bastava definirlo "bellissimo". Era mozzafiato e spettacolare, i residenti le persone più gentili che avessi mai conosciuto. Ma forse lo erano soltanto perché me ne andavo in giro con Alex e la sua famiglia era molto amata da tutti.

Le persone del luogo avevano i piedi ben piantati per terra. Detto ciò, se qualcun altro mi avesse proposto di fare il tirocinio lì, mi sarei messa a urlare.

Per qualche motivo, mi sentivo legata a Stolen Hearts Valley. Non avevo certo la rete di supporto che poteva vantare Alex. Sapevo che nessuno mi impediva di farc qualunque decisione volessi. *Potevo* decidere di trasferirmi a Willow Brook, ma significava mettere il mio cuore nelle mani di Alex. E ancora non ero sicura che provasse quei sentimenti profondi e intensi che avevo io per lui.

Arrivati a casa sua, mi sentivo ancora turbata. Lo imitai e appesi la giacca all'attaccapanni. Alex proseguì in soggiorno, ma si fermò accanto al divano e si voltò di scatto verso di me.

I suoi occhi studiarono i miei. "Non volevo farti arrabbiare."

Aprii la bocca per dirgli che non l'aveva fatto, ma uscirono altre parole. "Lo so che non l'hai fatto di proposito. È solo che sono abituata a badare a me stessa, tutto qui."

Mi domandai se il mio cattivo umore avesse rovinato la serata, ma in realtà non aveva importanza. Ciò che c'era di magico tra noi due era proprio il fatto che la nostra chimica era inarrestabile.

Nell'angolo della sala c'era una lampada che lo illuminava. Mentre reggevo lo sguardo di Alex, il cuore prese a battere all'impazzata e quel turbamento interiore venne travolto dall'ondata di calore che mi investì.

Per spegnere il cervello, non c'era niente di meglio che perdermi completamente in lui e lasciarmi avvolgere dalle fiamme del piacere. Lo raggiunsi e posai una mano sul suo petto. Al contatto, il suo cuore diede un forte scossone.

"Dobbiamo davvero parlare?" gli chiesi, facendo scorrere il palmo sul torso e gli addominali scolpiti, fino a stringere l'erezione che si stava già formando sotto i jeans.

"Delilah," cominciò, come per mantenere il filo della conversazione.

"Era una domanda retorica, Alex," mormorai, sollevando la testa per premere un bacio sulla curva del suo collo.

Il suo sguardo si fece più intenso e lo sentii trattenere il fiato quando presi a strofinare la mano sull'erezione.

"Che stai facendo?" domandò, la voce roca e tesa.

"Senti, non ho voglia di parlare. Ci restano soltanto due notti insieme, prima che torni a casa."

Sebbene mossa dal desiderio, con Alex mi sentivo vulnerabile e più emotiva che mai. Alle mie stesse parole, mi si strinse il cuore. Era vero, il tempo che avevo a disposizione con Alex era sempre limitato, nient'altro che un miraggio.

Non volevo pensare al fatto che stessi per andarmene. Volevo soltanto godere e farlo godere. Con disperazione, massaggiai ancora l'asta dura. Alex ansimò e intrecciò le dita ai miei capelli, per poi catturare la mia bocca in un bacio famelico, un intreccio selvaggio di labbra e lingue.

Animata da un desiderio sfrenato, sbottonai i suoi jeans e mi lasciai andare a un gemito deliziato sulla sua bocca quando trovai la pelle vellutata dell'erezione dentro i boxer.

Alex si staccò dal bacio e sollevò la testa. "Cazzo, Delilah."

Dato che il divano era giusto alle sue spalle, gli diedi una spintarella e finì contro lo schienale. Lo toccai di nuovo e mormorò qualcosa di incomprensibile, prima di sedersi sul bordo.

Al che, abbassai con forza i jeans e i boxer per avere maggiore accesso. Chinai dunque lo sguardo e passai il pollice sulla gocciolina di eccitazione sulla punta. Senza perdere altro tempo, mi inginocchiai e feci roteare la lingua attorno alla grossa cappella.

Con un grugnito, mormorò, "Dolcezza."

Dischiusi le labbra e cominciai a succhiare, scivolando lentamente sull'asta per prenderla fino in fondo. Il sapore leggermente salato danzava sulla mia lingua. Afferrai saldamente la base e leccai la grossa vena, svuotando poi le guance a ogni movimento.

Alex bisbigliò qualcosa, la voce rauca. Afferrò i capelli e un delizioso bruciore partì dalla cute. Lo sentii pulsare nella mia bocca e poi ansimò il mio nome. Sollevai dunque la testa, facendo scivolare un'altra volta la lingua sulla pelle calda.

"Delilah." Il suo sguardo intenso e selvaggio trovò il mio.

"Mh-mmh?" Un'altra carezza della lingua attorno alla cappella.

"Voglio penetrarti," disse senza mezzi termini.

Sapeva essere autoritario, ma la cosa non mi dispiaceva affatto. Era un tratto che la mia libido amava particolarmente. Senza neanche pensarci due volte, mi sollevai lentamente. In un lampo, Alex mi piegò sullo schienale del divano e affondai le mani nei cuscini.

Mi diede un leggero sculaccione e il lieve bruciore fu cosa ben gradita. Le sue dita presero a stuzzicarmi tra le cosce. Ero bagnata fradicia, la pelle umida di umori.

"Ti piace, eh," mormorò, mordicchiando un lobo.

Morsicai il labbro per trattenere un gemito, ma fallii miseramente. Sapevo quanto fosse bravo quell'uomo a prendersi cura di me. Mi sentivo vuota e avevo il disperato bisogno che mi riempisse, per placare quel desiderio rovente che mi ardeva dentro.

Palpò una natica e poi carezzò il sesso gonfio e pulsante. "Alex," mormorai, il tono implorante.

"Dimmi che cosa vuoi."

Capitolo Venticinque

ALEX

"Te, voglio te," ansimò Delilah.

Non ce la facevo più ad aspettare. Ero già troppo vicino all'orlo del precipizio. Dopo quel servizietto erotico con la bocca, mi stavo reggendo all'ultimo briciolo di autocontrollo rimasto con tutte le mie forze.

Afferrai la base dell'erezione e mi fermai ad ammirare il suo sesso rosa e luccicante. Con Delilah davanti piegata a novanta, il sedere morbido sollevato, un'onda di desiderio mi scese lungo la schiena fino a raggiungere i testicoli, già tirati per l'anticipazione. Frugai nella tasca posteriore dei jeans e sfilai il preservativo che avevo messo nel portafoglio prima di uscire, perché avevo imparato che quando ero con lei non potevo permettermi di farmi trovare impreparato.

Lo srotolai sull'asta e passai la cappella sui suoi umori. Inarcò ulteriormente la schiena, sollevando il sedere. "Alex." La sua voce era disperata, ruvida per il desiderio.

La penetrai con una sola spinta profonda, le dita affondate in un fianco, e lanciò un grido. Mi costrinsi a restare fermo per un minuto e strinsi i denti mentre i muscoli del canale pulsavano attorno al membro. Però Delilah non approvò e si premette a me.

Al che, mi ritrassi e cominciai a spingermi dentro di lei, mosso dal desiderio feroce che mi ardeva dentro. Sentivo che le mancava già pochissimo perché mi stringeva come una morsa. Mi allungai dunque sopra di lei e passai un braccio attorno alla sua vita, per massaggiare il clitoride gonfio.

L'orgasmo la travolse con forza e la sentii ansimare il mio nome tra un urlo di piacere e l'altro. Quando raggiunsi anche io l'apice, la sua voce si fece distante.

Col fiato mozzato, attesi che l'ondata di godimento si placasse, come una marea che si ritirava lentamente. Un minuto dopo, mi ripresi e sollevai Delilah tra le braccia.

———

Potermi svegliare accanto a Delilah era uno di quei piaceri a cui avrei volentieri fatto l'abitudine. Era l'ultima mattina insieme prima della sua partenza e mi ero svegliato per primo. In Alaska, le giornate si stavano già allungando. I raggi del sole filtravano dalla finestra della camera da letto e illuminavano l'ambiente, proiettando un bagliore dorato.

Mi sollevai sul gomito e guardai Delilah. I capelli scuri erano sparsi sul cuscino. Era raggomitolata su un fianco, il sedere premuto contro l'erezione. Insieme a lei, mi svegliavo puntualmente con il durello. Il mio corpo sapeva benissimo cosa voleva.

Amavo vederla dormire perché aveva i lineamenti del viso più rilassati e la sua espressione non era tirata e cauta come al solito. Le guance erano leggermente arrossate e teneva le mani arricciate sotto il mento. Mi si strinse il cuore. Non volevo che l'indomani arrivasse. Non volevo che Delilah se ne andasse.

L'avevo portata a pranzo al Firehouse. "È il mio locale preferito di Willow Brook," commentò.

Era arrivata soltanto sei giorni prima, eppure in quel momento mi resi conto di quanto mi fossi abituato alla sua presenza. Per un certo verso sembrava fosse lì con me da molto più tempo. Dall'altro, però, quella settimana insieme era praticamente volata. Ma la percezione che mi ero fatto io non contava affatto, neanche un po', perché se ne sarebbe andata il giorno dopo.

Janet si fermò al tavolo per raccogliere i piatti sporchi. Un sorriso le gonfiò le guance mentre ci guardava con un luccichio negli occhi. "Senti, Delilah, ho saputo che puoi scegliere sei fare il tirocinio al pronto soccorso o alla clinica. Su cosa stai puntando?"

Delilah parve sorpresa dalla domanda. Sbarrò gli occhi e dischiuse le labbra, per poi richiuderle. Dopo una breve pausa, rispose, "Non ne ho la più pallida idea."

La sua risposta mi provocò una sensazione sgradevole. Sapevo che ancora non sapeva cosa fare, ma dentro di me *volevo* che lo sapesse.

Qualche minuto dopo, tornammo al pick-up. Delilah rimase in silenzio mentre accesi il motore e uscii dal parcheggio, diretto verso casa dei miei genitori.

All'improvviso, Delilah mi chiese, "Per caso stai dicendo in giro che tornerò a fare il tirocinio?"

Merda. Dovevo fare in modo che non si angosciasse più del dovuto.

"Non ho detto niente a nessuno. Probabilmente dovresti parlarne con Holly o Rachel, ma credo sia stata mia sorella."

Seguì una lunga pausa e le lanciai un'occhiata. Stava guardando fuori, l'aria tesa e le spalle rigide.

"Ci hai pensato, almeno?" le chiesi, senza rendermene conto.

Riportai lo sguardo sulla strada, ma percepii che si era girata verso di me. "Ancora non lo so. Ma dato che me lo chiedono tutti, è ovvio che ci sto pensando. Però che cos'è che stiamo facendo, Alex? A me sembra assurdo trasferirmi dall'altra parte del Paese. Se venissi qui, lo farei soltanto per stare con te."

Incrociai il suo sguardo, che mi scavò l'anima. "Io sono disposto a trasferirmi dall'altra parte del Paese per te."

Capitolo Ventisei

DELILAH

Maggio

Io sono disposto a trasferirmi dall'altra parte del Paese per te.

Era ormai da settimane che quelle parole di Alex mi rimbombavano nella testa. Stavo cominciando a impazzire.

Posai un'ultima volta lo sguardo su mio padre, che stava dormendo profondamente da quando ero arrivata, poi mi alzai e lasciai la stanza senza fare rumore. Mia madre era in cucina e stava piantando dei germogli in alcune fioriere, che poi avrebbe appeso sulla ringhiera della veranda.

Sollevò lo sguardo e incrociò il mio, mentre attraversavo la cucina. "Dorme ancora?"

Annuii. "Oh, sì. Quando è sveglio come sta?"

Mia madre abbassò lo sguardo e cominciò a premere sul terreno con le dita, facendo molta attenzione. "Si sveglia di tanto in tanto e si addormenta poco dopo. Immagino si senta molto stanco. E poi, con tutti gli antidolorifici che gli stanno dando, per fortuna non soffre molto." Riportò lo sguardo nel mio mentre si ripuliva le dita. "Tu come stai, invece?"

"Tutto bene. Abbiamo notizie dal suo medico o dall'hospice?"

"Niente di nuovo. Però resta il fatto che non gli danno più di qualche mese di vita."

"Non è quello che hanno detto quando gli hanno trovato il cancro?"

Mia madre si alzò e raggiunse il lavello per lavarsi le mani. "Esatto, hanno detto così. Le infermiere mi hanno detto che ci sono stati casi così gravi in cui il paziente si è spento lentamente prima di spirare." Si voltò e asciugò le mani sul telo, per poi appenderlo sul manico del forno.

Feci un respiro profondo e sospirai. "D'accordo. Con qualche informazione in più mi sentirei più serena, però."

Mia madre inclinò la testa di lato. "Vuoi sapere esattamente quando ci lascerà? Tesoro, di queste garanzie la vita ne dà ben poche. Sappiamo tutti che un giorno moriremo, ma è difficile sapere con precisione quando. Perfino nel caso di una persona tanto malata come tuo padre."

"Lo so, lo so," risposi, strofinando distrattamente le nocche sullo sterno. Un bruciore acuto aveva avvolto la gola e il cuore.

"Sin da quando eri bambina, hai sempre voluto garanzie. Ogni volta che cambiavamo casa dicevi: 'Ditemi quanto tempo resteremo qui. Esattamente.' Non sai quante volte ce l'avrai chiesto." Un sorriso triste le arricciò le labbra. "Adesso ho capito che tutta quell'incertezza in cui ti è toccato crescere ti ha portata a cercare sempre un senso di sicurezza. Ai tempi, non riuscivo a spiegarmelo."

Il bruciore si fece più intenso. Mi voltai per

raggiungere la finestra e incrociai le braccia sul petto. "Può essere," affermai, sforzandomi di mantenere un tono pacato e indifferente.

"Com'è andato il viaggio in Alaska? Non me ne hai ancora parlato." Alzò la voce e mi venne incontro.

Osservai il panorama su Stolen Hearts Valley e sul cortile di mia nonna. Era arrivata la primavera e alcuni ciuffetti verdi spuntavano nelle fioriere, mentre i narcisi erano già sbocciati ai piedi degli alberi. La natura stava tornando verde e rigogliosa. Mia madre era sempre molto impegnata con la serra e l'attività di giardinaggio.

"Delilah?" insistette. "Tesoro, stai bene?"

Spostai lo sguardo su di lei, con una scrollata di spalle. "Credo di sì. Non sono mai stata molto vicina a papà, ma mi dispiace che stia morendo."

Il fatto che preferissi parlare della morte di mio padre piuttosto che del viaggio in Alaska avrebbe dovuto farmi riflettere. Semplicemente, quel suo commento sulla mia ricerca di garanzie nella vita si scontrava contro tutti quei problemi che trovavo nel rapporto con Alex.

Mia madre mi passò un braccio sulle spalle e strinse dolcemente. "Capisco, tesoro."

Il telefono vibrò nella tasca e il suono mi riportò alla realtà. Lo sfilai e trovai una notifica che mi ricordava che quella sera ero di turno al bar. "Devo andare, mamma."

Mi lasciò dunque andare e poi mi accompagnò alla macchina. Misi in moto e abbassai il finestrino. "Se le condizioni di papà cambiano mi chiami subito, sì?"

"Certo. E magari, la prossima volta che vieni, mi racconti del viaggio."

———

Tre settimane dopo

"Ecco qui," dissi in tutta fretta, facendo scivolare una bottiglia di birra sul bancone.

Mi voltai subito per prendere un altro ordine, ma il cliente rispose, "Grazie, splendore. Mi dai il tuo numero?"

"Assolutamente no," replicai, sollevando il dito medio.

Per fortuna che i dirigenti del bar ci permettevano di essere schietti e diretti con i clienti più maleducati, prepotenti e indiscreti. La carrellata di commentini inopportuni faceva parte della quotidianità, per una barista donna. Solitamente, non battevo neanche ciglio, ma quella sera ero su di giri e molto poco paziente. Probabilmente perché giusto la settimana prima avevo detto chiaro e tondo ad Alex che non potevamo continuare a fingere che un giorno avremmo potuto portare il nostro rapporto al livello successivo. Mi ero spezzata il cuore da sola, maledizione.

Aveva provato a opporsi e continuava a chiamarmi. Alla fine mi ha costretta a silenziare il suo contatto perché mi faceva male vedere il lungo elenco di telefonate che stavo ignorando. Certo che la tecnologia moderna è proprio comoda. Pensavo che bloccarlo sarebbe stato troppo cattivo, quindi per il momento quella soluzione mi permetteva perlomeno di respirare.

Il mio cuore non aveva smesso di soffrire un attimo, da quell'ultima conversazione. Non ero quel tipo di persona che amava fare giochetti con i sentimenti degli altri, però avevo come la sensazione che una parte del mio subconscio *stesse* facendo davvero qualche giochetto.

Perché il fatto che non si fosse opposto con più decisione mi aveva ferita. Aveva cominciato a chiamarmi sempre meno frequentemente e non mi andava giù, per quanto ridicola fosse la cosa. Me ne vergognavo molto.

Continuai a servire da bere fino alla fine del turno. Quella sera ricevetti un bel gruzzoletto in mance. All'enoteca si stava svolgendo un ricevimento nuziale, quindi avevamo un fantastico giro di gente pronta a spendere. Dopo la chiusura, stavo pulendo il bancone quando Jade Cole commentò, "Ehi, ultimamente sei molto scontrosa. È successo qualcosa? E sai che te lo dico con affetto, dato che io sono l'incarnazione della scontrosità."

Immersi un asciugamano nella miscela di candeggina e continuai a passarlo sul legno con movimenti rapidi ed efficienti. Jade era una cara amica e ci aiutava al bar quando avevamo bisogno di una mano.

Sollevai lo sguardo e incrociai il suo. "Ho un milione di cose da fare. Tra il lavoro e lo studio, rischio di perdere davvero la testa." Ok, il che *era* vero. Però stavo palesemente omettendo il vero motivo dietro al mio pessimo umore.

Jade fece una pausa e poi chiese, "Come va con Alex?"

Come sollevai lo sguardo di scatto, capii di essermi tradita. Un luccichio le entrò negli occhi. "L'ho conosciuto quando è passato al bar. E ricorda che ho coperto per te, quando sei andata in Alaska."

Dopo aver finito di pulire il bancone, lanciai l'asciugamano nella cesta che tiravamo fuori durante le pulizie. Scivolai sopra uno sgabello e presi il volto tra le mani. Un sospiro filtrò tra le dita.

Non mi piaceva fare la codarda, quindi sollevai la testa e incrociai il suo sguardo. "L'ho mollato. Quello che c'era tra di noi non aveva alcun senso. Non se io sto qui e lui se ne sta lassù. Capisci, no?"

Jade mi lanciò una lunga occhiata, mentre lavava le mani dietro il bancone. "Non so, sai. Mi è sembrato un bravo ragazzo. Non parli mai molto della tua famiglia, ma cosa c'è a tenerti qui? Perché non ti trasferisci in Alaska?"

Capitolo Ventisette

ALEX

Stavo per scagliare il telefono contro la parete. Rex Masters, seduto dietro alla sua scrivania, mi guardò intensamente. Ci trovavamo nella stazione di polizia di Willow Brook e, più precisamente, nel suo ufficio. "Problemi con la tua donna?" domandò, con un sorrisetto sardonico.

Poggiai la schiena alla sedia e passai una mano tra i capelli. "Perché cazzo non risponde alle mie chiamate?"

Detestai l'occhiata di compassione che mi rivolse. "Ovviamente, non ne ho la più pallida idea. Però posso dirti che non ha bloccato il tuo numero." Ero passato alla stazione di polizia per chiedere a Rex se esistesse un modo per scoprire se Delilah avesse bloccato il mio numero di telefono. Mi aveva fatto la cortesia di controllare, ma era venuto fuori che non l'aveva fatto. Il che voleva dire che si stava impegnando moltissimo a ignorare qualunque mia telefonata o mio messaggio.

"Lo so, Rex."

In quel momento, qualcuno bussò alla porta e Rex esclamò, "Avanti!"

Un attimo dopo, entrò Cade Masters, il figlio di Rex e mio buon amico. Se suo padre era il capo della polizia, lui lavorava come caposquadra in una delle squadre di pompieri hotshot di Willow Brook,

"Oh," disse Cade, l'aria sorpresa quando mi vide. "Scusate l'interruzione."

"Ehi, figurati. Nessun problema," replicai, alzandomi in piedi.

"Alex sta avendo problemi con la sua donna," gli spiegò Rex. *Senza che ce ne fosse alcun motivo.*

Senza dire niente, Cade spostò lo sguardo su di noi. Un ghigno gli sfiorò le labbra, finché non posò lo sguardo su suo padre. "Sono passato a chiederti se poi vuoi che ti accompagni dal meccanico per recuperare la macchina."

"Accetto molto volentieri il passaggio," rispose Rex. "A che ora te ne vai?"

Cade controllò l'orologio. "Tra cinque minuti circa. Può andar bene?"

"Lo farò andar bene." Come mi voltai per uscire, Rex mi chiamò. "Alex?"

"Sì?" Arrivato sulla soglia, gli lanciai un'occhiata.

"Se per te è davvero così importante, allora devi lottare per lei."

"Ci proverò."

Cade mi seguì in corridoio. Non disse nulla finché non raggiungemmo il parcheggio. "Sto cercando di capire perché diamine sei andato da mio padre per chiedere consigli di coppia."

Lo guardai, alzando gli occhi al cielo. "Sono solo un idiota, ecco perché. Ero venuto a chiedergli di verificare se il mio numero fosse stato bloccato. Beh, non lo è."

Prima che potesse rispondere, un furgoncino con il marchio di Kick A** Costruzioni si avvicinò. Un sorriso enorme aprì il volto di Cade quando Amelia, sua moglie, parcheggiò e scese dal veicolo. Si voltò verso di noi e ci raggiunse alla porta. Amelia era una donna alta, con gambe vertiginose, e amava da impazzire suo marito. Ma lui non era certo da meno, infatti fece una breve corsetta per raggiungerla e baciarla al più presto.

Quando Amelia si staccò dal bacio, un attimo dopo, aveva le guance leggermente arrossate. "Sono passata a chiedere se tuo padre avesse bisogno di un passaggio per ritirare il pick-up," gli spiegò, per poi rivolgermi un sorriso.

"Ma che coincidenza," commentai. "Mi sa che dovete fare a braccio di ferro per decidere chi dei due accompagnerà Rex. Mi offrirei anche io come volontario, ma non credo ce ne sia bisogno."

Amelia ridacchiò. "E tu che ci fai qui?"

"Parlava di problemi di cuore con mio padre," rispose Cade per me, il tono arido.

Ameria parve sinceramente sorpresa.

"Ignoralo," le dissi.

"Quindi Delilah ritorna?" mi domandò lei.

Prima che potessi rispondere, dalla porta sul retro uscì anche Beck Steele. Meraviglioso, cazzo. Beck era il classico burlone che si divertiva a prendere di mira la gente. Non appena ci vide, ci venne incontro. "Ehilà, che si dice?"

Amelia si voltò verso di lui. "A quanto pare, Alex è venuto a parlare con Rex dei suoi problemi di cuore."

Beck strabuzzò gli occhi, l'espressione alquanto comica, e spostò lo sguardo su di me. "Eh?"

"Ma porca miseria," mormorai. "No, non è proprio così."

"Però non hai risposto alla mia domanda. Delilah torna?" ripeté Amelia.

"Non lo so," risposi con un sospiro. "Vorrei poterti dire di sì, ma in realtà non ci spero molto. Sta complicando le cose, sai. È da giorni che non mi parla."

Beck infilò il pollice nella tasca dei jeans e mi scoccò una lunga occhiata. "Senti, bello, se hai bisogno di consigli sulle donne che amano complicare tutto, allora sono il tipo che cerchi. Ho conquistato Maisie e mi ama," disse, riferendosi a sua moglie, che lo amava davvero profondamente. Sapevo bene che, prima che si mettessero insieme, non gli aveva reso la vita facile.

"Sì, però Maisie è qui a Willow Brook. Delilah invece è nella Carolina del Nord. È tutto molto più difficile, quando ci sono migliaia di chilometri di mezzo." Cominciavo a irritarmi.

Beck continuò a guardarmi, senza dire nulla, e feci roteare le spalle, insofferente. Per quanto Beck si divertisse a ridere e scherzare, certe volte era sorprendentemente perspicace. "Ascoltami. Se è davvero così speciale, allora vedi di portare il culo lì nella Carolina del Nord."

Contemplai le opzioni che mi erano rimaste per contattare Delilah. Perché, nonostante mi stesse ignorando, sentivo che lo stava facendo più per proteggersi che per altro.

Rimasto a corto di idee, decisi di telefonare a Remy, che rispose al secondo squillo. "Ehi, che si dice?"

"Ciao, Remy. Sono Alex. Mi serve un favore."

"Volentieri. Di cos'hai bisogno?"

"Non è che potresti recapitare un messaggio a Delilah, da parte mia?"

Giorni dopo, con Remy che mi aveva assicurato

che avrebbe sentito alcuni amici di Stolen Hearts Valley perché trasmettessero il mio messaggio a Delilah, mi trovavo all'aeroporto e stavo lavorando sul motore di un aereo.

Aveva avuto un problema anomalo e lo stavo smontando con attenzione. Proprio mentre sollevavo la copertura sopra la batteria, ci fu una forte esplosione. Mi spinsi subito via dal vano motore e mi voltai. Sulla pista era appena atterrato un piccolo aereo, il cui motore era andato a fuoco.

Sentii delle urla e cominciai a correre verso il velivolo. Altri passi risuonavano in lontananza. Raggiunto l'aereo, trovai il pilota accasciato sopra la cloche. Fred era un amico di vecchia data che solcava i cieli ormai da una vita. In quel momento, era svenuto. Sul retro c'erano due passeggeri che stavano cercando di uscire. Gridai loro di fare il più in fretta possibile, mentre io aprivo la porta per la cabina dove si trovava Fred. Dopodiché, l'ultima cosa che ricordai fu un'altra esplosione, proprio quando lo caricai tra le braccia.

Capitolo Ventotto

ALEX

Alaska, 03:00

Provai ad aprire gli occhi, la mente annebbiata. Mi ritrovai a fissare un soffitto bianco. Voltai la testa e, accanto al letto, vidi una tendina azzurra, Quel semplice movimento fece un male cane.

"Che cazzo succede?" mormorai tra me e me.

Da quello che potevo constatare, mi trovavo in ospedale e la testa pulsava da morire. Quando cercai di sedermi sul letto, mi resi conto di essere troppo debole e crollai di nuovo sui cuscini.

Provai a ricordare quello che era successo. Mi ci volle un poco, ma poi riaffiorarono alla mente le immagini dell'aereo di Fred, il motore esploso all'atterraggio. Ero corso in suo soccorso mentre i passeggeri uscivano in fretta e furia dal velivolo. Dopo averlo raggiunto, però, il vuoto più totale.

Con determinazione, mi sollevai un'altra volta. Mi mancò ancora il fiato e mi abbandonai sul materasso. "Merda."

Mi guardai intorno, ma non riuscivo neanche a vedere se ci fosse qualcun altro o meno. Dalla finestra accanto al letto notai che era notte fonda. Sapevo di trovarmi ancora a Willow Brook perché le luci del centro erano ben visibili. Spostai lo sguardo e lo posai sulla flebo collegata a un braccio.

Trovai finalmente il pulsante di chiamata per gli infermieri, che non esitai a premere.

Ben presto, la porta si aprì e sentii dei passi che si avvicinavano, finché qualcuno non spostò la tendina. "Ehi, ma salve. Come stai, Alex?" mi chiese.

"Che diamine è successo?" Riconobbi subito l'infermiere. Chris Grant era un collega e buon amico di mia sorella. "Com'è che sono stato così fortunato da trovare proprio te?"

Chris mi sorrise. "Questa settimana manca una collega, che è andata in vacanza, quindi devo coprire qualche turno notturno. Ricordi cos'è successo?" Si avvicinò al monitor accanto allo schermo per controllare chissà quali dati.

"L'ultima cosa che ricordo è quando ho estratto Fred dall'aereo. Gli altri passeggeri sono scesi da soli e mi sembravano incolumi. Poi ho un vuoto. Tu sai qualcosa? Prima di tutto, Fred sta bene?"

Chris avvicinò una sedia al letto per sedersi. "Assolutamente sì, sta bene. Sta dormendo proprio nel letto qui accanto. Siete rimasti coinvolti nell'esplosione del motore. I passeggeri stanno bene, grazie al cielo. Sono stati loro a trarvi in salvo. Potresti riscontrare alcuni problemi di udito, ma ti visiterà presto uno specialista."

Credevo di sentirci bene, però mi fischiava un poco un orecchio.

"Perché sono ancora qui?"

Chris sollevò le sopracciglia. "Ah, tu e le tue domande. Ti sei appena svegliato. Hai una lieve commozione. Eri proprio k.o., mentre invece Fred ha una contusione polmonare. La tua respirazione è molto meno preoccupante della sua, quindi non credo ce l'abbia pure tu. In caso, sarebbe molto lieve. Ti abbiamo tenuto sotto ossigeno per un po', ma poi le tue condizioni sono migliorate. Hai riportato diverse abrasioni sulla schiena perché l'esplosione ti ha scagliato per terra. Te la caverai senza problemi, ma probabilmente sarai molto indolenzito. Hai salvato la vita di Fred, sai. Se si fosse trovato nella cabina dell'aereo anche durante la seconda esplosione, allora sarebbe andata molto diversamente. Il naso dell'aereo ha preso fuoco praticamente all'istante, perché la prima esplosione ha causato una perdita di carburante."

Rimasi a fissarlo, cercando di metabolizzare le sue parole. "Porca miseria. Assurdo che non ricordi niente."

"Beh, hai perso i sensi. Mica puoi ricordarti qualcosa che non hai visto," affermò con convinzione.

Alzai gli occhi al cielo. "Ora capisco perché non riesco a sollevarmi. Ho tutta la schiena dolorante e mi sento mancare subito il fiato."

Chris si alzò e raccolse qualcosa dal carrellino accanto al letto. Dopodiché, mi attaccò una specie di molletta al pollice. "Voglio giusto controllare i livelli di ossigeno. Forse c'è bisogno di dartene dell'altro."

Un minuto dopo, scosse la testa. "No, tutto in regola. Probabilmente sei solo affaticato per l'esplosione."

"Fred è ancora sotto ossigeno?"

"Sì, ma se la caverà. È più vecchio di te ed è svenuto quando l'aereo è atterrato. Il brutto colpo ha ammaccato qualche costola. Gli abbiamo dato degli antidolorifici, quindi dorme beato."

"Io non ne avevo bisogno, invece?" ironizzai.

Chris inclinò la testa di lato. "A te è bastata una dose molto inferiore. Sei più giovane, reggi meglio. Ma se ti fa male qualcosa, dimmelo subito."

Feci un respiro profondo e valutai le mie condizioni. "Ho tutti i muscoli indolenziti, ma resisto. La mia famiglia è passata a trovarmi?"

Chris sospirò. "Ma scherzi? Certo! Quando sei arrivato in ambulanza con Fred, Holly voleva prendersi cura personalmente di te. Ho dovuto proprio trascinarla via. Sono tutti in sala d'attesa, chi riposa e chi si scola litri di caffè."

"Tutti chi?"

"I tuoi genitori e Holly e Nate. Vuoi vederli?"

"Volentieri. Ma non rischiamo di svegliare Fred?"

"Ti porto fuori, allora," disse Chris, il tono cospiratorio.

Con un po' di aiuto, mi sedetti su una carrozzina, la flebo ancora collegata. Chris mi spinse lungo i corridoi silenziosi e gli unici suoni nell'aria erano quelli dei macchinari.

Raggiunta la sala d'attesa, la scena che trovai mi commosse. Holly stava dormendo, le ginocchia portate al petto e la testa posata sulla spalla di Nate, ancora sveglio. Sollevò subito lo sguardo dalla rivista che teneva sul grembo e un sorriso gli aprì il volto.

I miei genitori dormivano e portai dunque un dito sulle labbra. Con delicatezza, Nate scosse Holly per la spalla. Si svegliò all'istante e cominciò a guardarsi freneticamente intorno, finché il suo sguardo non si posò su di me.

"Alex!" Balzò in piedi e Nate la seguì verso di me.

"Non fare troppo baccano. Non voglio svegliare mamma e papà," bisbigliai quando mi raggiunse.

"No, svegliali," disse. "Vogliono soltanto vedere che stai bene. Poi torneranno a casa a dormire."

La voce di Holly doveva averli raggiunti, perché mia madre sollevò la testa. Poco dopo, mi raggiunsero tutti quanti.

"Come ti senti?" mi chiese Holly. "Chris ha controllato i tuoi parametri?"

Chris era in piedi dietro alla sedia a rotelle e riuscivo quasi a percepire che stava alzando gli occhi al cielo. "Ma certo che l'ho fatto. È tutto regolare. Si sente un po' debole, ma per il resto sta bene."

"I livelli di ossigeno come sono?" insistette Holly

"Nella norma," rispose lui, paziente.

Mia mamma si inginocchiò accanto alla sedia a rotelle e prese una delle mie mani tra le sue. "Come ti senti? Ci hai fatto prendere un bello spavento."

"Sto bene. Mi sento un po' indolenzito, ma me la caverò. A quanto pare, più tardi controlleranno come va l'udito."

"Adesso come ci senti?" domandò Holly, chinandosi per studiarmi il volto, come se potesse valutarlo da sola.

"Stai facendo un gran baccano e ti sento benissimo. Ho ancora la mente un po' annebbiata, però."

Holly raddrizzò la schiena e si avvolse le braccia attorno alla vita. Guardando mio padre incrociai il suo sguardo, che racchiudeva uno stoico nervosismo. "Sto bene, papà."

Mi diede una pacca sulla spalla. "Lo so. Però ci siamo spaventati."

"Anche Fred sta bene. A quanto pare, gli hanno dato molti più antidolorifici," dissi ironico, nel tentativo di spezzare la tensione.

"Mi pare ovvio," affermò Holly. "Ha una certa età, non vogliamo farlo soffrire."

"E invece vuoi che io soffra?" ribattei, guardandola negli occhi.

"Certo che no, ma tu sei più forte di lui."

Una lacrima le rigò la guancia e la asciugò con il dorso della mano. Nate le passò un braccio sulle spalle. "Va tutto bene. Sta bene."

"Lo so." Holly tirò su col naso. "Però ho avuto tanta paura."

Mia madre mi strinse un'ultima volta la mano, poi si alzò e mi stampò un bacio sulla tempia.

"Perché non tornate a casa, così potete dormire nel vostro letto? Non so neanche che ore sono," dissi, cercando con lo sguardo un orologio, che trovai sulla parete opposta. "Accidenti, sono le tre del mattino. Dai, andate."

Nate rise. "Sì, ora che ti abbiamo visto possiamo tornare a casa."

"Io inizio il turno a mezzogiorno, quindi passerò da te," dichiarò Holly. "Fatti trovare sveglio."

La risata di Chris riecheggiò alle mie spalle. "Ma se dorme, lascialo riposare."

Dopo i saluti, tornai in camera e Chris mi aiutò a salire sul letto. Detestavo dover dipendere da qualcun altro, ma ero esausto e mi faceva male ogni muscolo.

Steso sul materasso, mi chiesi come avrei potuto contattare Delilah. Prima che Chris lasciasse la stanza, lo fermai. "Per caso sai dov'è finito il mio telefono?"

"Non ne ho idea. Controllo tra i tuoi effetti personali. Se ce l'avevi addosso, sarà in una busta insieme ai vestiti. Scrivo a Holly, lo troverà lei."

Capitolo Ventinove

DELILAH

Carolina del Nord, tardo pomeriggio – il giorno seguente

Mi mancava Alex. Da morire.

Senza pensarci, avevo cominciato a strofinare le nocche proprio sopra il cuore, come se potessi alleviare il dolore rinchiuso nel petto. E quel dolore l'avevo causato soltanto io. Ero io che avevo smesso di rispondere alle sue chiamate, mentre lui non si era ancora arreso. Ormai, era il mio orgoglio a trattenermi dal chiamarlo. Orgoglio e paura di non trovare nessun messaggio, dopo aver silenziato le notifiche. A un certo punto, però, avevo ceduto e avevo cominciato a controllare tutti i giorni.

Arrivai presto al bar, per il mio turno. A metà pomeriggio, era sempre tutto molto tranquillo. Servivamo anche il pranzo, ma prima dell'ora di cena potevamo godere di qualche ora di quiete. Quel giorno trovai alcuni clienti che bevevano birra e giocavano a carte, mentre alcuni universitari stavano usando il biliardo. Perfino loro erano pacati e tranquilli. Un vero miracolo, che accolsi volentieri.

Griffin sollevò lo sguardo quando lo raggiunsi dietro al bancone. "Ehilà. Non mi aspettavo di vederti qui. Hai sentito Shay, per caso?"

La sua domanda mi lasciò perplessa. "Non sono di turno, scusami?" gli chiesi, concentrandomi prima sul problema.

Gli passai accanto e toccai con un dito lo schermo del tablet montato dietro al bancone, che usavamo anche come cassa. Cercai la tabella con i turni e dissi, "Ecco, sono proprio qui."

"Questo lo so. Però avevo già chiamato Jade per chiederle di sostituirti. È passata Shay a cercarti, sai. Il tuo ragazzo ha avuto un incidente."

Ero ancora più confusa di prima e il mio cervello non riusciva a processare le parole di Griffin. Il corpo, però, sembrava sul pezzo. Un senso di malessere mi strinse il petto e mi si chiuse lo stomaco per l'angoscia. "Cosa stai dicendo?"

"Alex ha avuto un incidente. Immagino che Remy abbia chiamato Shay perché non ha il tuo numero, quindi è venuta a cercarti qui. Pensavo non saresti venuta al lavoro. Tra poco arriva Jade, quindi non preoccuparti."

Era come se il mio cervello fosse andato in tilt. Sentivo la mia voce in lontananza, che chiese in automatico, "Cos'è successo? Non è il mio ragazzo. Adesso Shay dov'è?" Parlavo a macchinetta, mentre il panico aumentava. Avevo le vertigini e faticavo a respirare, col cuore che martellava con forza contro la cassa toracica.

La voce di Griffin filtrò in tutto quel caos. "Ehi, piano, Delilah. Siediti." Sentii una sedia che premeva dietro le ginocchia e mi lasciai andare. "Chiamo Shay."

Un attimo dopo, Griffin tornò da me con una piccola busta di carta in mano. Lo guardai con aria assolutamente confusa.

"Stai andando in iperventilazione. Metti questa davanti alla bocca e fai qualche bel respiro profondo," mi disse, il tono deciso e pacato.

Dato che non mi mossi, la avvicinò lui stesso alle mie labbra, quindi alla fine ci avvolsi attorno le dita. Nel giro di qualche minuto, riuscii a riempire di nuovo d'aria i polmoni e le vertigini e la nausea cominciarono a placarsi.

"Shay sta arrivando. L'ho beccata prima che si mettesse per strada. Sta venendo a prenderti," mi spiegò Griffin, quando abbassai la mano.

"Alex sta bene?"

Griffin annuì. Era un bel ragazzo, ma non sentivo alcuna scintilla. Il che era una vera benedizione, dato che non volevo rovinare la nostra bella amicizia.

"Shay ha detto che se la caverà. Pare ci sia stata un'esplosione. Mi dispiace non avere più dettagli da darti."

Infilai la mano in tasca per prendere il telefono, che però non c'era. "Puoi prendermi la borsa?"

Senza dire nulla, si voltò ed entro nel corridoio sul retro. Un attimo dopo, tornò con il cellulare. "Mi sono preso la libertà di frugare nella tua borsa. Spero non ti dispiaccia."

Mormorai un *grazie* e sbloccai lo schermo. Trovai tutte le chiamate perse di Shay e poi attivai di nuovo le notifiche per il contatto di Alex. In silenzio, osservai la sfilza di messaggi che apparve all'istante.

"Oddio, ma avevi bloccato il suo numero?" mi chiese Griffin.

Sollevai lo sguardo e mi resi conto delle lacrime soltanto quando si voltò a recuperare un fazzoletto dalla pila sul bancone. "Lo prendo per un sì," affermò.

Soffiai il naso e poi asciugai gli occhi. "No, non l'ho bloccato, però avevo silenziato le notifiche. Sono un'idiota."

"Ma va'," replicò lui, piattamente. "No, anzi, non sei affatto un'idiota, Delilah. Sei tra le donne più intelligenti che conosca. Semplicemente, non ti fai mai troppe illusioni e non credi nell'amore da favola e quelle cagate lì."

In quel momento, sentii la voce di Shay dalla soglia del locale. "Eccoti qui! Dai, andiamo," disse, facendomi cenno di seguirla.

Mi alzai dalla sedia e neanche mi resi conto che Griffin stava tornando sul retro. "Dove dovremmo andare?" le chiesi, perché non ne avevo davvero la minima idea.

"All'aeroporto," mi rispose, come se fosse la cosa più ovvia del mondo.

Griffin tornò un attimo dopo, con la mia borsa e il cappotto. "Vai."

"Sto andando all'aeroporto?"

Shay annuì con decisione. "Proprio così. Holly ti ha comprato un biglietto. Crede che Alex voglia vederti, al suo risveglio."

Capitolo Trenta

DELILAH

Bisognava ammetterlo: Shay sapeva muoversi tra le stradine di montagna che portavano fuori da Stolen Hearts Valley come una vera professionista, riuscendo a mantenere il perfetto controllo sull'auto nonostante l'alta velocità. L'avevo seguita senza opporre la minima resistenza. In quell'ultima ora avevo conosciuto il suo lato più autoritario. Aveva insistito perché passassimo a casa mia a fare i bagagli e mi aveva pure detto che non aveva alcun senso raggiungere l'aeroporto con la mia macchina, perché in quel caso avrei dovuto pagare il parcheggio. Poiché il suo ragionamento aveva molto senso, avevo accettato di muovermi con lei.

Avevo soltanto uno zaino con dentro alcuni vestiti e articoli da bagno, infilati dentro in tutta fretta.

"Come cavolo è possibile che hai parlato con Holly?" le chiesi, a un certo punto.

"Perché mi ha chiamato Remy e mi ha detto che le avrebbe dato il mio numero. L'ho conosciuta una volta che siamo andati a trovare lui e Rachel. Holly ti ha comprato un biglietto e mi ha inviato la conferma della prenotazione per email, quindi quando arriviamo te la inoltro," mi spiegò.

Probabilmente aveva percepito la mia espressione assolutamente incredula, perché mi lanciò un'occhiata dopo aver messo la freccia per imboccare l'autostrada. "Che c'è?" domandò, con nonchalance.

Come se non mi avesse appena raccontato che la sorella dell'uomo che avevo provato a scaricare mi aveva appena comprato un biglietto aereo per l'Alaska. Ed ero pure talmente terrorizzata dalla faccenda che ero balzata in macchina senza la benché minima esitazione.

"Cosa vorrebbe dire *che c'è?*" replicai.

Shay riportò lo sguardo sulla strada e un sorriso le gonfiò le guance. "A quanto pare, Holly crede che tra te e Alex ci sia qualcosa di speciale. Da quello che ho capito, so che le piaci e so anche che secondo lei suo fratello vorrebbe averti lì."

"In che senso?"

"Nel senso che Holly è la classica sorella pazza e iperprotettiva. Non avrebbe mai comprato questo biglietto se non fosse convinta che Alex vuole vederti e se non le piacessi."

Shay mi aveva già assicurato che Alex se la sarebbe cavata, ma non potei fare a meno di insistere. "Sei sicura che sta bene?"

Per l'angoscia e la nausea, non avevo smesso di tremare da quando si era presentata al bar per portarmi via.

"Tieni." Prese il telefono dal portabicchiere in cui l'aveva infilato. "Non c'è password. L'ultima chiamata nel registro è il numero di Holly. Perché non ci parli tu?"

Presi il cellulare e resistetti all'impulso di lanciarlo

via, come se scottasse. *Volevo* chiamare Holly, ma avevo paura... paura di così *tante* cose.

"Di cos'hai paura?" Shay diede voce a quella mia domanda interiore.

Lasciai il telefono e coprii il volto con le mani. Presi un bel respiro profondo ed espirai, sentendo l'aria che filtrava tra le dita. Un attimo dopo, sollevai la testa. "Non lo so. È da qualche settimana che non sento più Alex. Ho deciso di chiudere perché pensavo..." Mi bloccai di colpo e scossi la testa. "Non so neanche cos'è che pensavo."

Con lo sguardo fisso davanti a sé, Shay rispose, "Sai, Delilah, sei sempre stata una donna totalmente indipendente. Ed è una cosa che invidiavo molto."

"Davvero?" Ero sinceramente scioccata, perché faticavo a immaginare che qualcuno potesse invidiarmi per qualunque cosa.

"Sì, davvero. Forse dimentichi quella relazione di merda che ho avuto. Sai, pensavo che se fossi stata più come te o come Jade, visto che siete molto simili, non sarei mai finita in quella situazione."

Shay si riferiva a un rapporto abusivo in cui era rimasta intrappolata per qualche anno, durante e dopo l'università. Conoscevamo tutti la storia perché la notizia era finita sul giornale quando il suo ex era stato arrestato per aggressione e poi un'altra volta ancora per guida in stato di ebrezza, dopo che in un incidente aveva ucciso due persone.

"Invece sei una donna molto forte, sai. Più forte di me. Hai superato quell'incubo e guarda adesso quanto sei felice," le dissi.

Mi scoccò un'occhiata e poi riportò subito lo sguardo sulla strada. "Certo, adesso ho una bella vita, ma non è stato semplice arrivare a questo punto. Tutti quanti hanno una vita diversa dall'altra, soprattutto se parliamo dei particolari. Però, onestamente, credo che Alex sia davvero un brav'uomo. Ci sono persone che conosco e di cui mi fido che me l'hanno garantito. E poi vi ho visti insieme. È ovvio che ti piaccia. Chi non risica non rosica. Lo so che è una frase fatta, ma non significa che non ci sia del vero."

———

Attesi al gate che cominciasse l'imbarco del mio volo. Ero molto preoccupata per Alex e continuavo a controllare il telefono, quasi ossessionata. Non sapevo neanche se avesse ricevuto il mio messaggio.

Mi scappò da ridere. Avevo avuto il coraggio di dire a Shay che non sapevo dare una definizione a quello che provavo. Eppure, in preda al panico, avevo scritto ad Alex.

Mi manchi. Scusami se non mi sono più fatta sentire.
Sto venendo lì in Alaska. Arrivo presto.
Voglio trovarti sano come un pesce.

Sollevai lo schermo del telefono e mi fermai a fissare il numero di Holly. Sotto lo sguardo severo di Shay, l'avevo aggiunto in rubrica appena arrivate all'aeroporto perché mi serviva per chiederle come raggiungere l'ospedale, o magari per farmi dare un passaggio.

Appurando che mancavano ancora quindici minuti all'imbarco, feci un bel respiro profondo e cliccai sul contatto. Holly rispose al primo squillo.

"Delilah! Oddio, ti prego, dimmi che sei all'aeroporto."

"Sì, sono qui. Alex sta bene?"

"A Shay avevo detto di dirti che sta bene. Ok, forse non è in condizioni ottimali, ma se la caverà. Uno dei miei migliori amici infermieri l'ha seguito tutta la notte e mi ha assicurato che i parametri sono nella norma."

"Cos'è successo?"

"Non ne siamo ancora sicuri. Alex si trovava all'aeroporto per aggiustare un aereo. Ne stava arrivando un altro sulla pista, ma quando è atterrato è esploso uno dei motori. Alex è corso a salvare il pilota, svenuto per l'impatto, e appena l'ha tirato fuori c'è stata un'altra esplosione. Credono sia successo qualcosa al serbatoio, ma ancora non hanno stabilito il perché dell'esplosione. Lo scopriremo dopo le indagini."

"E ad Alex cos'è successo?"

"Ha salvato la vita di Fred, il pilota. L'ha trovato svenuto e poi è rimasto coinvolto nella seconda esplosione. C'erano alcuni passeggeri, che però si erano già messi in salvo e li hanno portati via dalla scena."

"Con cosa ne è uscito?" Sentivo lo stomaco che si faceva sempre più piccolo.

"Una leggera commozione e, ogni tanto, gli fischia un orecchio. Ha tutta la schiena graffiata perché è caduto sul cemento. Ci metterà un po' a riprendersi, ma se la caverà. Gli hanno fatto passare la notte in ospedale per tenerlo sotto osservazione, dato che quando è arrivato era privo di sensi. All'inizio faceva anche fatica a respirare. Credo abbia riscontrato una lieve contusione polmonare."

Mi resi conto della lacrima che mi era sfuggita soltanto quando raggiunse l'angolo della bocca. La asciugai con la mano e, dopo aver tirato su col naso, risposi. "D'accordo, io sono qui."

"Sono proprio contenta. Ho cercato una soluzione di viaggio migliore, ma con così poco preavviso non erano rimaste molte opzioni. Arriverai soltanto domani sera perché oggi hai uno scalo a Houston e domani a Seattle. Per questa notte hai un voucher in un albergo di Houston, dato che dovrai restarci per sette ore. È proprio accanto all'aeroporto, quindi è molto comodo."

"Va benissimo. Anzi, è perfetto. Non ce n'era bisogno, sai," risposi. "A quanto pare, non ci sono molte opzioni dirette per l'Alaska."

"No, affatto. Secondo me da lì fai prima ad arrivare in Europa, che in Alaska," commentò, ironica.

"Già. Però sono contenta che presto sarò lì."

"Forse ho osato troppo, ma..."

La interruppi. "No, non preoccuparti. Voglio vederlo. Però non sono così sicura che lui voglia vedere me."

"Oh, fidati. Gli farà molto piacere," dichiarò con convinzione. "So che l'hai mollato."

Grazie al cielo che non poteva vedermi, perché ero mortificata. "Holly..." cominciai.

Mi interruppe lei. "Lo capisco, sai. Però so che per lui sei molto importante, quindi ho deciso di far intervenire il fato."

"E il fato saresti tu?" le chiesi, tirando su col naso.

Holly rise. "Forse sì, forse no. Volevo giusto darvi una spinta nella direzione giusta. Il resto è nelle vostre mani."

Capitolo Trentuno

ALEX

Alaska, il giorno seguente

"Holly," sbuffai, senza neanche preoccuparmi di nascondere la mia irritazione.

"Che c'è?" mi chiese, il tono innocente e affettuoso. Ma non abboccai. Mia sorella non era né innocente e né tantomeno affettuosa. Stava tramando qualcosa, ma non avevo idea di cosa. Ed ero troppo stanco per capirlo da solo.

"Sono a casa e vorrei un po' di privacy. Per cortesia."

"Voglio solo passare a controllare come stai," insistette.

Sentii la voce di Nate in sottofondo e mi sembrò di intendere un, "Perché non glielo dici?"

"A che diamine si riferisce?"

Holly chiuse la chiamata.

"Ma che...?" mormorai, assolutamente confuso.

Mi avevano permesso di fuggire da quella prigione ospedaliera il pomeriggio precedente. Dopo una serie di esami, ero stato dimesso. Probabilmente per qualche giorno avrei avuto qualche problema di respirazione, ma Charlie mi aveva lasciato andare. Nel fine settimana avevamo un appuntamento per una visita. Tra le ansie di mia madre e quelle di mia sorella, ero pronto a esplodere. Non volevo fare altro che rilassarmi, ma non era affatto semplice. I graffi sulla schiena facevano ancora male.

Lanciai il telefono sul tavolino e presi il telecomando. Dopo qualche minuto di zapping, lasciai il telegiornale perché non davano nulla di interessante. Controllai di nuovo il telefono e aprii il messaggio di Delilah. Le avevo già risposto poche ore prima, dopo aver ritrovato il cellulare. Nessuno sapeva dove fosse finito, quindi Nate mi aveva accompagnato all'hangar dell'aeroporto per cercarlo, e infatti era rimasto nella cassetta degli attrezzi che avevo usato per riparare quel motore.

Delilah non si era più fatta sentire. Mi aveva scritto che sarebbe venuta in Alaska, ma non capivo cosa significasse. Probabilmente voleva organizzare un viaggio, di cui mi avrebbe dato i dettagli più avanti.

Mi alzai dal divano e raggiunsi la cucina, ignorando il dolore alla schiena. Aprii il frigorifero e mi resi conto che dovevo fare la spesa. Presi una bottiglia di birra e le ultime due fette di una pizza che avevo comprato tre giorni prima.

Mentre mangiavo sul divano, qualcuno bussò alla porta. "Avanti!" gridai, aspettandomi fosse Holly o magari Nate.

La porta si aprì lentamente, quasi con esitazione, quindi capii subito che non poteva trattarsi di mia sorella. Lei sarebbe entrata come fosse casa sua.

"Alex?"

Mi alzai di scatto e inspirai violentemente quando la pelle della schiena si tirò.

"Delilah?"

Attraversai la stanza e la vidi sbirciare oltre la porta. Il cuore prese a martellare con forza nel petto e per un attimo mi mancò l'aria nei polmoni.

Varcò la soglia e si chiuse la porta alle spalle. "Holly non entra, però mi ha accompagnata fin qui." Il suo sguardo mi studiò il volto.

Eliminai la distanza che ci separava con qualche falcata e la presi quasi con disperazione tra le braccia. Senza la minima esitazione, mi cinse con cautela la vita e posò la testa nella curva del mio collo.

"Sono così felice che stai bene." La sua voce era ovattata, la bocca premuta sulla mia maglietta.

Con un braccio avvolto dietro la sua schiena, le reggevo la testa con l'altra mano. Provai a fare un respiro profondo, ma mi mancava il fiato.

Delilah fece un passo indietro. "Stai bene?" Sollevò lo sguardo e mi guardò con gli occhi lucidi per le lacrime. "Holly mi ha detto che per qualche giorno farai fatica a respirare."

Con il cuore a mille, chiusi gli occhi e mi concentrai sulla respirazione.

Delilah posò una mano sul mio petto, proprio sopra il cuore, e cominciò a massaggiare con dei piccoli cerchi delicati. Quando aprii di nuovo gli occhi, lessi l'angoscia che c'era nei suoi. "Devi sederti."

Feci per protestare, ma in fondo non mi dispiaceva vederla così preoccupata per me. Neanche un pochino. Il sollievo di averla lì era talmente profondo che non riuscivo neanche a esprimerlo a parole. Un fremito di emozione mi scuoteva dalla testa ai piedi.

Con una leggera spinta, mi fece sedere sul divano. "Come va la schiena? Ti serve un cuscino? Non so come potrei sollevarti senza farti del male." Mi guardava con aria corrucciata.

"Sto bene," la rassicurai. "È un po' dolorante, ma si tratta giusto di qualche graffio."

Insistette per creare una barriera di cuscini sotto e attorno al mio corpo, poi lanciò un'occhiata alla bottiglia mezza vuota di birra e il cartone di pizza sul tavolino. "Do una pulita, che dici?"

Senza lasciarmi neanche il tempo di rispondere, raccolse la scatola e mi domandò se volessi dell'altra birra. Mi scappò da ridere e le feci notare che ne avevo ancora a sufficienza, al che strinse con forza le labbra. "Un attimo, però. Puoi berla?"

La vedevo nervosa. Si cinse la vita con le braccia e non mi sfuggì il tic ansioso delle dita, che pizzicavano i gomiti. Allungai una mano, chiedendole di avvicinarsi. Dopo un momento di esitazione, fece un passo avanti e intrecciò le dita alle mie. Il palmo sudato mi disse tutto quello che c'era da sapere. "Vieni qui."

Con un delicato strattone, la convinsi a sedersi. Sembrava preoccupata che potesse farmi del male, quindi si mosse con cautela e fece scivolare l'altra mano sulla coscia. "Mi dispiace," dichiarò, di punto in bianco. "Mi sono fatta prendere dal panico. Ti amo."

Oh, ottimo. Dritta al punto. Alle sue parole, un senso di gioia immenso mi esplose nel petto.

"Grazie al cielo," commentai, cercando i suoi occhi lucidi. "Perché anche io ti amo. Troveremo una soluzione per stare insieme. La geografia è irrilevante."

Delilah si morse il labbro, mentre mi studiava il volto. "Non dovevi dirlo per forza, solo perché l'ho detto io."

"Non l'ho mica detto per quello. Te l'ho detto perché è quello che provo davvero."

Le spostai i capelli dal volto e poi feci scivolare la

mano lungo il lato del viso, per lasciarla sulla guancia. Le diedi un altro piccolo strattone per provare a trascinarla sul mio grembo.

Delilah assottigliò lo sguardo. "Stai male."

"Non troppo," mormorai, dopo essere riuscito nell'impresa.

Quando i nostri corpi si scontrarono, un sussulto le sfuggì dalle labbra. "Alex!"

"Ti voglio qui, dolcezza." Portai una mano dietro la sua nuca, per attirarla a me.

Il bacio delicato la fece rilassare, finché non mormorò qualcosa che si perse però tra le nostre labbra. Le stuzzicai la lingua con una carezza e poi sollevai la testa.

"Che hai detto?"

"Stai male," ripeté.

"Ti ho detto che non devi preoccuparti. Se stessi davvero male, non mi avrebbero dimesso dall'ospedale. Se qualcuno l'avesse fatto comunque, Holly l'avrebbe ammazzato con le sue mani," la rassicurai, ridendo.

Lo sguardo di Delilah si addolcì e un sorriso le sfiorò le labbra. "Sì, senz'altro."

Occhi negli occhi, l'aria intorno a noi aveva come preso a vibrare, carica di quell'elettricità che si scatenava ogni volta che eravamo insieme. Il mio membro si gonfiò sotto di lei, che mi guardò con occhi strabuzzati.

"Sai, non mi va di parlare," bisbigliai, la voce roca.

Delilah dischiuse le labbra, molto probabilmente per protestare, ma non glielo permisi. La attirai di nuovo a me per divorare la sua dolce bocca.

Avevo praticamente dimenticato qualunque dolore. Un paio di volte aveva provato a fermarmi, ma alla fine si arrese quando le dissi che avevo più bisogno di lei che dell'aria.

Non ricordavo neanche come ci fossimo tolti i vestiti. Però ricordavo *benissimo* Delilah che scivolava sopra di me, sul divano, per accogliermi nel suo sesso caldo e pulsante. La sentii fremere attorno a me, il corpo che tremava tutto dalla testa ai piedi, finché non esplose col mio nome sulle labbra.

L'orgasmo mi travolse con un'ondata potente e travolgente di piacere. Delilah crollò su di me e lasciò cadere la testa sulla mia spalla. La strinsi forte perché non c'era nulla al mondo che potessi desiderare di più. Delilah tra le mie braccia. Proprio dove doveva essere.

Capitolo Trentadue

DELILAH

"Come stai?" chiese Janet, una mano sul fianco e nell'altra una caraffa piena di caffè.

Alex si lamentò un poco quando poggiò la schiena alla sedia e la sua espressione dolorante mi strinse il cuore. La notte prima e di nuovo quella mattina avevo visto i graffi sulla schiena. Certo, non erano altro che ferite superficiali, ma avevano comunque un aspetto terribile. Holly mi aveva detto che la maglietta era stata ridotta a brandelli, probabilmente quando l'esplosione l'aveva scaraventato sul cemento. Del semplice cotone non poteva molto contro una caduta del genere.

Alex sorrise. "Sto bene. Tu, invece?"

Alzando gli occhi al cielo, Janet si rivolse a me. "Dimmi un po', sta bene davvero?"

Spostai lo sguardo sui due e poi sospirai. "Beh, dipende dalla tua definizione di *bene*."

Alex sfoderò un altro sorriso. "Sto bene, insomma," protestò. "Adesso ho solo bisogno di una delle tue omelette per cominciare la giornata col piede giusto."

Con un sorriso, Janet gli posò la mano libera sulla spalla. "Te la porto subito. Come la preferisci?"

"Dai, decidi tu. Però mettici il bacon."

"Senz'altro. E grazie per aver salvato Fred da quell'aereo. Lo sai quanto gli voglio bene. Così come tutti, qui in paese."

Alex si strinse nelle spalle con estrema nonchalance. "So che avrebbe fatto lo stesso. Dopo mangiato, andiamo a trovarlo in ospedale."

"Holly mi ha detto che potrebbe aver perso l'udito da un orecchio. Tu, invece?" gli domandò Janet.

"Io non dovrei avere problemi di udito. Il fischio nell'orecchio è praticamente scomparso. Lo specialista mi ha detto che potrebbe volerci qualche giorno, ma che funziona tutto come dovrebbe."

"E i polmoni?"

"Respiro."

Janet alzò gli occhi al cielo e in quel momento qualcuno la chiamò dal bancone. Al che, si rivolse a me. "Tu cosa prendi?"

"Il bagel col salmone affumicato e il formaggio."

"Perfetto, arriva tutto tra qualche minuto." Detto ciò, corse via.

Spostai lo sguardo su Alex e dissi, "Promettimi che sarai onesto sulle condizioni del tuo respiro."

Alex socchiuse gli occhi. "Promesso. Quanto resti?" mi chiese, cambiando subito argomento.

"Holly ha comprato un biglietto a data aperta. È stata proprio gentile, guarda. Le ho promesso che un giorno le restituirò i soldi. Per fortuna che ho ricordato di prendere il computer, così posso studiare intanto che sono qui. Però devo chiamare il bar per capire un po' quanto tempo possono cavarsela senza di me. Pensavo di restare almeno due settimane."

Gli occhi color cioccolato di Alex studiarono i

miei. "Puoi restare quanto vuoi. Lo so che eventualmente dovrai tornare a casa, ma quando siamo più tranquilli dovremmo discutere bene le nostre opzioni."

"Molto volentieri," replicai. Un po' di angoscia ce l'avevo ancora. Non sapevo proprio come accettare tutta quella positività nel mio mondo. Però ero certa che saremmo riusciti a trovare una soluzione che avrebbe funzionato per entrambi. Tutta quella fiducia sorprendeva persino me.

Restai insieme a lui per due settimane e mi godetti a pieno ogni singolo istante. Lo accompagnai perfino alla seconda visita di controllo da Charlie, giusto qualche giorno prima del mio ritorno a Stolen Hearts Valley.

Seduta accanto ad Alex nel piccolo studio, mi guardai intorno. Era molto simile a tutti gli altri studi medici, i colori neutri e qualche acquarello appeso alle pareti, tra numerosi poster informativi.

"Scommetto che Charlie ti piacerà molto," commentò Alex.

"Mi interessa soltanto sapere se i polmoni sono tornati come nuovi."

"L'udito è sicuramente a posto." Sfoderò un ghigno. "Questa mattina ti ho sentita benissimo."

Sentii le guance in fiamme. In effetti, quel mattino non mi ero affatto trattenuta. "Beh, è colpa tua," mormorai, dandogli una leggera gomitata. "E vedi di comportarti bene. Siamo in uno studio medico."

Alex mi rivolse un'occhiata incredula e poi scosse la testa. "Sì, ma siamo soli. Charlie non è ancora arrivata."

"Sì, beh, ma..." Venni interrotta quando la porta si aprì e una donna entrò nella stanza.

Charlie era davvero bellissima. I capelli scuri erano raccolti in una coda di cavallo e alcune ciocche rosa e viola spiccavano tra le altre. Indossava il classico camice bianco sopra l'uniforme. Spostò il suo caldo sguardo grigio su di noi, con un sorrisetto che le sfiorava le labbra. "Ma salve," disse, con un cenno del capo.

Avevo scoperto che in quel paesino l'informalità era di casa, perfino con il proprio medico.

"Molto piacere," le dissi, alzandomi per stringerle la mano. "Delilah."

"Charlie Franklin," rispose, con una stretta salda. "È un piacere anche per me. Ho sentito solo belle cose su di te."

"Ti hanno parlato di me?" le chiesi, la vocina acuta. Tornai subito a sedermi, le mani strette sulle ginocchia.

"Oh, certo che sì. Rachel lavora come mio assistente medico. E, secondo lei, l'anno prossimo dovresti venire qui a fare il tirocinio."

Il tono di Charlie era leggero e pacato, ma il suo commento mi agitò all'istante. Volevo assolutamente trovare una soluzione per poter portare avanti una relazione seria insieme ad Alex, ma ogni volta che mi trovavo a dover prendere una decisione mi sentivo sull'orlo di un burrone. Avevo imparato così bene a non contare su nessun altro e a badare a me stessa che faticavo a liberarmi da quelle catene.

Quando Charlie mi guardò, dopo essersi seduta su uno sgabello con un computer montato alla struttura, le rivolsi un sorriso e dissi, "Oh, quindi Rachel lavora con te."

Charlie annuì, mentre faceva sfrecciare le dita sulla tastiera. "Prenditi tutto il tempo che ti serve, ma sappi che ogni anno accettiamo un tirocinante. Quindi, se sei davvero interessata, ti accogliamo volentieri. Ma oggi non siete venuti qui per parlare di queste cose." Spostò lo sguardo su Alex.

Lo vidi più a disagio del normale. Cominciò ad agitarsi un poco sulla sedia. Avevo scoperto presto che, quando si parlava della sua salute, si comportava come il classico uomo medio. Odiavo gli stereotipi, sia chiaro, ma certe volte erano azzeccati. Alex detestava sentirsi debole e, peggio ancora, andare dal dottore. Perfino da una dottoressa che conosceva e apprezzava.

"I graffi stanno guarendo?" gli chiese Charlie.

Alex si alzò e fece per togliere la maglietta, ma Charlie sollevò una mano. "No, non ho bisogno di vederli. La settimana scorsa mi sono sembrati sulla via della guarigione. O preferisci che controlli comunque?"

Alex abbassò le braccia e scrollò le spalle. "No, nessun problema. Prudono da morire, quindi immagino sia un buon segno... No?"

"Assolutamente. Significa che stanno guarendo. Ti chiedo il piacere di sederti qui," gli disse, toccando il lettino. "Voglio sentire i polmoni."

La carta si stropicciò sotto il suo corpo. L'incertezza e la lieve vulnerabilità che lessi nei suoi occhi mi strinse il cuore.

Charlie scrisse qualcosa alla tastiera e poi si spostò accanto al lettino. Gli posò lo stetoscopio sulla schiena e gli chiese di fare dei bei respiri profondi, mentre esaminava entrambi i lati. Alla fine, sfilò l'attrezzo dalle orecchie e sorrise. "I polmoni sono a posto, quindi non ti devi preoccupare. Lo specialista ha già controllato l'udito, giusto?"

"Esatto. Da questa parte ho ancora qualche problemino," le spiegò, tirando il lobo dell'orecchio sinistro. "Però mi ha detto che dovrebbe sistemarsi da solo, perché riesco a sentire tutte le frequenze. Il rumore delle esplosioni è davvero molto forte, in caso te lo stessi chiedendo."

Con una risata, Charlie tornò al suo computer e butto giù qualcos'altro. "Allora, prima di andare, vedi di fissare la prossima visita annuale. Qui nel calendario non la vedo."

Dato che Alex sembrava a disagio, intervenni io. "Mi assicurerò che lo faccia."

"Ehi, non coalizzatevi contro di me," disse lui, e Charlie mi rivolse un sorriso d'intesa.

"Ma piantala. È una cosa che devi fare. Punto."

Prima che potessimo lasciare la stanza, Charlie aggiunse. "Pensaci per il tirocinio, Delilah."

Mi voltai in corridoio e annuii. "Lo farò. Sul serio."

Capitolo Trentatré

ALEX

Autunno

"Allora, cos'avete deciso tu e Delilah?" mi chiese mia sorella, le labbra strette in una linea sottile e lo sguardo penetrante, nel tentativo di fare la dura.

"Abbiamo deciso che prenderemo una decisione soltanto dopo la morte di suo padre."

Però non aggiunsi che quelle tempistiche così incerte mi preoccupavano. Ero molto impaziente, ma mi vergognavo di quell'impazienza. Era più che normale che Delilah volesse aspettare che suo padre la lasciasse, trattandosi di un cancro terminale, però mi mancava da morire. Avevamo cominciato a viaggiare più o meno tutti i mesi per vederci, sentendoci comunque spessissimo in videochiamata o per messaggio.

Ma nonostante tutto, mi mancava così tanto che c'erano volte in cui il mio cuore non riusciva neanche a sopportarlo.

"In che condizioni è?" chiese Holly, senza più un briciolo di autorità nel tono di voce.

Sollevai le braccia e le lasciai cadere di nuovo. "Non possiamo saperlo con assoluta certezza. Il cancro gli è stato diagnosticato lo scorso inverno, prima che Delilah venisse a Diamond Creek. Allora, gli avevano dato soltanto dai quattro ai sei mesi di vita. Ma ha superato ogni aspettativa."

"Di che cancro si tratta? Lo so che me l'hai già detto, però proprio non ricordo."

"Cancro al colon."

Holly fece una smorfia. "Santo cielo. Scommetto che questa attesa la sta distruggendo e che probabilmente vorrebbe che resistesse ancora un po'. È una situazione terribile, per una famiglia."

Sapendo quanto fosse riservata Delilah, non avevo parlato a nessuno della sua infanzia infelice. Non spettava a me condividere quella storia. Per fortuna, con il tempo il rapporto tra lei e sua madre stava migliorando. Mi aveva anche confidato di aver avuto qualche conversazione molto importante con suo padre, che però aveva cominciato a dormire praticamente a tutte le ore.

"Almeno avete cominciato a farvi un'idea?" chiese Holly, il tono così stranamente cauto che mi scappò quasi da ridere.

Stavamo prendendo un caffè al Firehouse. Mi voltai verso Nate e accennò un sorriso, di sicuro perché anche lui aveva percepito che mia sorella stava camminando sulle uova. Probabilmente ormai la conosceva perfino meglio di me.

"Credo che si trasferirà qui, ma non voglio obbligarla a prendere una decisione, non adesso. Non mi pare corretto nei suoi confronti."

"Infatti, è meglio aspettare," commentò Nate. "Le

relazioni a distanza sono già abbastanza complicate. Mettici anche un genitore malato che sta morendo e qualcosa come seimila chilometri a separarvi... No, meglio non aggiungere altra pressione."

"Esattamente," dissi, prima di finire la tazza di caffè.

Nelle settimane seguenti, io e Delilah avevamo cominciato a sentirci sempre meno spesso. Stavo cominciando a preoccuparmi. Era sempre molto impegnata e aveva un milione di cose per la testa.

Un giorno, nel cuore della notte, ricevetti un messaggio da Shay. "Chiamami."

Strano, pensai. Lo dovevo a lei se dopo il mio incidente Delilah mi aveva raggiunto a Willow Brook, ma per il resto non ci sentivamo mai.

Perplesso, la chiamai subito. "Che succede?" domandai, non appena rispose.

"Ehi, hai il mio numero salvato. Mi fai sentire speciale, Alex," ironizzò.

"Mi hai mandato un messaggio tu," replicai.

"Oh, è vero." Fece una pausa per schiarirsi la gola. "Oggi è venuto a mancare il padre di Delilah. L'ho incrociata al distributore e aveva una brutta cera. Non sapevo se te l'avesse già detto."

Imprecai a mente.

Come se mi avesse letto nel pensiero, aggiunse dolcemente. "Lo sai quanto è riservata, Alex. Non è abituata ad appoggiarsi agli altri."

"Sì, lo so. Vengo lì. Prendo il primo volo che c'è. Però non dirglielo."

"Ti serve un passaggio?" mi chiese, senza esitare.

"No, grazie. Prendo un'auto a noleggio lì in aeroporto."

Capitolo Trentaquattro

DELILAH

Mi sentivo strana. Non sapevo in che altro modo descrivere ciò che provavo per la morte di mio padre. Aver dovuto attendere per mesi e mesi che la malattia ce lo portasse via era stato sfiancante.

Sentivo come un grigiume addosso, ed ero tanto stanca e soprattutto irritabile. Provavo pure un certo senso di colpa per non averlo ancora detto ad Alex. Mio padre era morto soltanto la notte prima. Ero rimasta accanto a mia madre e non mi era sembrato il momento giusto per chiamarlo.

Era già il pomeriggio seguente e mi trovavo alle pompe funebri per organizzare il funerale. Mi sentivo distrutta psicologicamente e sapevo di dovergli telefonare per raccontargli quello che era successo.

"Per caso sa se sua madre preferisce una bara? Oppure volete farlo cremare?" mi chiese il cortese impresario funebre.

Quell'uomo aveva il carattere perfetto per quel genere di lavoro, pacato e rassicurante. Era come se avessi potuto dirgli qualunque cosa e lui mi avrebbe ascoltata con un sorriso sulle labbra.

Però c'era un problema: non conoscevo le intenzioni di mia madre. Nonostante avessimo cominciato a parlare molto più spesso, non aveva fatto parola dell'organizzazione per il funerale. Comunque, quando ne avevamo parlato prima che mi dirigessi alle pompe funebri, mi aveva detto di non averne la più pallida idea. Dunque, non aveva organizzato proprio niente.

"Cosa consigliate per una famiglia che non ha nulla in mente?"

Il cordiale impresario rispose senza esitazione. "La decisione più importante è se desiderate una bara o la cremazione. Se non avete preferenze, io di solito consiglio la seconda opzione. Semplicemente perché è la più economica. La sepoltura delle ceneri in un sito permanente vi permetterà di visitarlo come se aveste scelto una bara."

"D'accordo, allora vada per la cremazione."

Poco dopo, mi trovavo nel suo ufficio a firmare alcuni documenti. Stavo provando a coinvolgere anche mia madre, ma a tutti le domande che le inviavo per messaggio mi rispondeva soltanto con un *Fai come vuoi.*

Sapevo quanto la sofferenza potesse cambiare le persone, ma stavo cominciando a spazientirmi. Mi era venuto un brutto mal di testa e stavo aspettando che l'impresario tornasse da me per mostrarmi alcune urne. A un certo punto, un rumore sulla porta attirò la mia attenzione. Non potevo credere ai miei occhi. Sulla soglia c'era Alex. Mi studiò con lo sguardo e poi si avvicinò, titubante.

Balzai in piedi e mi lanciai tra le sue forti braccia, scoppiando a piangere quando mi avvolse nel suo calore. Sentii il petto che vibrava contro la guancia mentre mormorava qualcosa e lo strinsi a me. Una mano grande mi carezzò la schiena, per tranquillizzarmi. Singhiozzai per un po' e alla fine sollevai la testa. Non appena incrociai il suo sguardo angosciato, mi si strinse il cuore.

"È un bruttissimo momento. Volevo chiamarti e..." Sollevai la mano, per agitarla.

"Non mi devi alcuna spiegazione. Tuo papà è morto. Mi ha scritto ieri sera Shay, quindi sono salito sul primo aereo. Non vale alcuna regola quando si perde qualcuno. Ciò che è davvero importante è che tu sia qui per tua madre, in un momento simile non mi devi niente."

Il sollievo mi travolse con tanta forza che per poco non mi cedettero le ginocchia. In quell'istante, l'impresario funebre tornò con una grossa scatola tra le braccia. Impassibile come non mai, spostò lo sguardo su di noi. "Vi lascio soli per qualche minuto?"

"Se non le dispiace," risposi.

Chinò il capo e si voltò, per poi chiudersi la porta alle spalle. Ero di nuovo sola con il mio ragazzo, nell'ufficio di un impresario funebre. Il momento era talmente assurdo che non riuscii a trattenere una risatina. Quella risatina diventò presto una risata e poi scoppiai a piangere, rimasta senza fiato. Alex si allontanò e prese una scatola di fazzolettini dalla scrivania. Sicuramente quel posto ne aveva praticamente ovunque.

"Tutto bene?"

Con la sua voce che vibrava in tutto il mio corpo, finalmente feci un respiro profondo. Il senso di gelo e di oppressione che mi portavo nel petto da settimane cominciò a scemare.

"Sì, sto bene. Non eri obbligato a..."

Al suo sguardo, mi fermai. "Lo so, non sono obbligato a fare niente. Infatti sono qui perché volevo esserci per te. Allora, come posso aiutarti?"

Dev'essere che mi ero trasformata in una fontana, perché cominciai a piangere di nuovo.

Capitolo Trentotto
Alex

"Sei sicuro?" chiese Delilah.

La guardai. Eravamo a casa sua, seduti sul divano. Dopo aver concluso l'incontro alle pompe funebri, avevamo sbrigato qualche altra commissione e alla fine eravamo tornati a casa con una pizza. Poggiata sul bracciolo del divano, teneva i polpacci sulle mie cosce. Aveva l'aria esausta, gli occhi ancora arrossati per il pianto e i lineamenti tirati.

"Certo che sono sicuro. Non sono venuto fin qui per fare una toccata e fuga. Resto finché vuoi."

"Finché voglio? Beh, in questo caso..." replicò con un sorriso. Era un sorriso triste, ma mi faceva comunque piacere vederla scherzare.

Le strinsi dolcemente un piede e sentii il calore della pelle attraverso il cotone delle calze. Con un sospiro, gettò indietro la testa. "Ah, che bello."

Cominciai dunque a massaggiarle i piedi, alternandoli. Dopo essere arrivati a casa, aveva acceso la televisione e messo un canale di giardinaggio. Avevo scoperto presto che quei programmi le piacevano molto, da lasciare come rumore di sottofondo.

Restò in silenzio per qualche minuto, finché non incrociò il mio sguardo. "Sai, ho riflettuto molto." Fece una pausa.

"Su cosa?" la spronai.

"Su di noi."

Un senso di trepidazione mi assalì. Ci eravamo sempre detti che ne avremmo discusso dopo la morte di suo padre, però non mi aspettavo che non avrebbe perso tempo.

Con un respiro profondo, mi trovai ad annuire. "E quindi?"

"Mi trasferisco in Alaska."

"Delilah, non sei costretta a..."

Scosse con vigore la testa. "Lo so che non sono costretta a decidere adesso. Però è quello che voglio. Ne ho persino parlato con mia mamma. Lei vuole restare qui, ma verrà a trovarmi più volte l'anno. Lei è l'unica cosa a tenermi legata a questo posto, però voglio guardare al futuro, non al passato."

Per un attimo, il cuore martellò così forte contro il petto che mi si bloccò il fiato in gola. Mi ripresi dopo qualche secondo e, con un sospiro, la attirai verso di me. "Sei sicura che è davvero quello che vuoi?"

"Al cento per cento."

"E qual è il futuro che sogni?"

"Ancora non ho deciso tutti i dettagli, però so che voglio vivere con te."

"Lo sai che per te sono disposto a trasferirmi qui, vero? Ci ho pensato tanto."

Delilah annuì e sollevò la mano per carezzarmi un sopracciglio con il dito. "Lo so che hai preferito non tirare fuori l'argomento per non mettermi pressioni, data la situazione con mio padre, e lo apprezzo tanto. Però ti amo e voglio stare con te. Le tue radici in Alaska sono molto più solide di quelle che ho io qui, e poi mi sono innamorata di quel posto. Dopo averti conosciuto al campo estivo, ho sempre sognato di poterci vivere. E adesso... posso farlo davvero."

"Sei sicura di voler prendere una decisione come questa proprio adesso?"

Quasi non potevo crederci che avesse deciso di fare un passo così grande da sola. Come aveva sottolineato, mi ero impegnato tanto per non metterle pressioni.

Un lento sorriso le incurvò le labbra. "Sì, Alex. Ne sono sicura. Fidati, ho avuto molto tempo per pensarci. Ma, in fondo, è una decisione molto semplice. Sarà molto più difficile scegliere dove fare il tirocinio, anche se propendo per la clinica di Charlie."

"Ti amo," mormorai, prima di trascinarla sul mio grembo per abbracciarla.

EPILOGO

Delilah

Dicembre

Stavo osservando dal finestrino dell'aereo le cime innevate dei monti Kenai, i profili scuri in contrasto con il cielo azzurro invernale. Mentre perdevamo quota, riuscivo a vedere l'unica strada che serpeggiava lungo la penisola del Kenai.

Poco dopo, il cuore prese a martellarmi nel petto quando l'aereo toccò terra e rimbalzò un poco sulla pista. Morivo dalla voglia di rivedere Alex. Lo trovai qualche minuto dopo, che mi aspettava. I capelli castani erano un po' spettinati e l'ombra di una barbetta gli colorava la mascella forte e squadrata.

Non ero una gran romanticona. Nonostante lo amassi tantissimo, quell'ultimo anno si era rivelato molto difficile perché mi era mancato davvero molto. Ogni minuto passato insieme pareva un miraggio, quindi quando mi ero ritrovata a salutare Stolen Hearts Valley l'avevo fatto con gran piacere. I miei amici mi sarebbero mancati profondamente, ma avevo un incredibile bisogno di ricominciare da zero.

Non appena vidi Alex, gli corsi incontro e lasciai andare la valigia quando mi fece roteare tra le braccia. Lacrime calde premevano ai bordi degli occhi e una gioia immensa rischiava di farmi esplodere il cuore. Mi stringeva forte e gli stampai qualche bacio sul collo prima di salire sul viso. "Mi sei mancato!" esclamai.

"Tu mi sei mancata molto di più. Sono state quattro settimane infinite," mormorò, spostandomi i capelli aggrovigliati dal viso. Poi, i suoi occhi color espresso si fissarono nei miei, esprimendo molto più di quanto avrebbe mai potuto dirmi a parole. A un certo punto, asciugò una lacrima che mi era scesa sulla guancia. "E adesso perché piangi?" Stampò un bacio fugace sulle mie labbra e poi rimase in attesa di una risposta.

"Sono felice, tutto qui. Così felice che quasi fa male."

Un sorriso gli aprì il viso. "Non sai *quanto* cazzo sono felice io di averti qui."

"Delilah!" chiamò una voce. Alex mi aveva messa giù, ma mi cingeva la vita con un braccio. Voltai dunque la testa e vidi Holly che mi salutava. Nate sfoderò un sorriso e le sussurrò qualcosa all'orecchio.

"Ti aspettava tutto un comitato di benvenuto," commentò Alex. Mi lasciò andare per prendere la valigia e poi mi strinse di nuovo la mano. "Hai altri bagagli da ritirare?"

Scossi la testa e inspirai a pieni polmoni, per poi sospirare. Il sollievo che provavo per essere lì con lui si mescolava a una gioia immensa ed era come se fossi finalmente a casa. "Ho mandato quasi tutto per posta. I pacchi dovrebbero arrivare tra un paio di giorni," lo informai.

Ore dopo, uscii sulla veranda della nostra camera,

nella notte fredda e innevata. Un albero di Natale luccicava nell'oscurità, dietro al rifugio sciistico. Avevo chiesto a Marley di offrirmi quelle due settimane che mi aveva promesso l'anno prima, dopo il macello con la prenotazione. Alex si fermò di fronte a me e si voltò a guardarmi. "Buon Natale."

Mi prese per mano per attirarmi a sé. Quando i nostri corpi si trovarono, assaporai il suo calore e la sua forza, mentre mi cingeva la vita con le braccia. "Ti prometto che amerai l'Alaska," mormorò.

"Ne sono convinta." Non avevo onestamente alcun dubbio. "Alla fine, non abbiamo deciso se farci i regali di Natale o meno." Sollevai la testa per guardarlo negli occhi, mentre alcuni fiocchi di neve freschi si posavano sulle mie guance.

"Il mio regalo sei tu," bisbigliò, per poi catturare le mie labbra in un bacio focoso.

Leggi una scena bonus dal libro 1, Brucia Per Me, di questa serie!

È passato ormai qualche anno da quando Amelia e Cade hanno trovato il loro lieto fine. Ecco un piccolo scorcio sul loro futuro!

Iscriviti alla newsletter: https://BookHip.com/ KVNCBBV

Oppure puoi iscriverti direttamente qui: https://jh-croix.ck.page/7ffd616900

www.ingramcontent.com/pod-product-compliance
Lightning Source LLC
Chambersburg PA
CBHW061259210726
48293CB00003B/1026